一个荧屏拓荒者的历程

许诺 著

上海文艺出版社
Shanghai Literature & Art Publishing House

图书在版编目（CIP）数据

一个荧屏拓荒者的历程 / 许诺著. -- 上海：上海文艺出版社, 2024

ISBN 978-7-5321-8973-1

Ⅰ．①一... Ⅱ．①许... Ⅲ．①纪实文学 - 作品集 - 中国一当代 Ⅳ．①I25

中国国家版本馆 CIP 数据核字(2024)第 009613 号

责任编辑　徐如麒　毛静彦
特约编审　张文龙
出版策划　唐根华
装帧设计　金雪斌

书　　名　一个荧屏拓荒者的历程
作　　者　许诺
出　　版　上海世纪出版集团　上海文艺出版社
地　　址　上海市闵行区号景路 159 弄 A 座 2 楼 201101
发　　行　上海文艺出版社发行中心发行
　　　　　上海市闵行区号景路 159 弄 A 座 2 楼 201101　www.ewen.co
经　　销　全国新华书店
排　　版　上海雯学文化传媒有限公司
印刷装订　三河市中晟雅豪印务有限公司
版　　次　2024 年 4 月第 1 版　2024 年 4 月第 1 次印刷
开　　本　787mm×1092mm　1/16
字　　数　252,000
印　　张　14.5
书　　号　ISBN 978-7-5321-8973-1 / I・7066
定　　价　118.00 元
敬启读者　如有印装质量问题，请与承印厂联系调换13121110935

目　录

序

2023 年国庆节后，许诺老师打电话给我，想请我帮忙出版她的一本书。我当即就答应了下来。为什么?向经典致敬也;加之，许诺，乃自己的恩师也。个中缘由，容我后面慢慢道来。

我马上联系了好友，已帮助 500 多位朋友出书的上海浦东作家协会的副秘书长唐根华先生，落实此事，他爽快地答应了。与许诺老师约好后，10 月 6 日下午，我邀请了唐根华先生一起到许诺老师居住的亲和源老年公寓去落实此事。这是唐根华先生第二次来到这里，去年许诺老师爱人，戏剧艺术的巅峰之作——越剧《红楼梦》作曲之一的高鸣老师的文集《沪闽耕耘录》，也是由唐根华先生帮助下，在上海文艺出版社出版的。

许诺老师把她电脑里存放的一些文稿拷进了我的 U 盘，希望我将它们编撰成书，然后如果有可能的话，请我为此书做个序。

对于前面那个要求，我是很爽快地答应了，我说:"一定会全力以赴!"

因为许诺老师毕竟已经 90 岁了，争取在她身体尚好的情况下，加快速度，把它出版，这是学生义不容辞的责任!

有点为难的就是帮老师作序。记得 40 年前，上海广播电视局招聘编辑、记者、导演，我报名参加了考试，最后，以优异成绩考入上海电视台。而许诺老师恰恰是这次招聘活动的考官之一。在上海的广播电视界，她是资格最老的前辈之一，是 1958 年 10 月 1 日把上海电视台第一个镜头切出去的导演。她导演的电视连续剧《璇子》，播映后曾经红遍大江南北，在整个华人圈里面也引起了轰动。使得剧中茅

善玉等几位主演迅速为全国戏迷熟知并喜欢，还获得了中国电视最高奖《金鹰奖》。除此之外，许诺老师的获奖作品还有许多。让我这样一个后辈为她作序，好像有点不妥。

但是许诺老师让我放下顾虑，说张文龙你是中国文艺评论家协会的会员，中国作家协会会员，也获过《金鹰奖》、《星光奖》、《兰花杯奖》等50多个国家级大奖。还帮自己写过传记《求变创新绣荧屏——许诺》（上海市文联组稿审定，由上海文化出版社出版发行）。既然许诺老师这样鼓励，那么我就勇敢地担任起这个角色了。

许诺老师，跟绝大部分电视导演不同，我们大部分电视导演都是生在红旗下，在新中国成立以后各个时期接受正规教育。而许诺老师最令我钦佩的是在抗战的时候，上海地下党组织为其父的安全，躲避敌人的追杀，命他带着全家和部分青年来到了苏北的抗日根据地，七岁的她在颠沛流离、极差的学习条件下，一边不断的行军转移坚持学习，一边参加了抗战和后来的解放战争中人民部队的好多宣传演出，甚至还在黄河泛滥期间，奔赴"治黄"前线参加慰问演出。可以说，她的青少年时期经历了普通人难以想象的千辛万苦！严酷的战争环境真正造就了许诺的根红苗正、见多识广，积累了正确的世界观、艺术本领这样的人生储备！

解放后，许诺凭着自己的聪慧、好学和努力，克服种种困难，先是进上海中学完成初中学业，然后考进上海戏剧学院表演系，接受了正规的高等教育，真是常人难以想象的特殊经历，令人肃然起敬。

更令人钦佩的是，她在上海人民广播电台干了一年不到，即被领导选派她参加了上海电视台的组建工作。这是领导对于她的三观、艺术水平和能力的高度认可！当我们现在看到荧屏上那些大放异彩的节

目，我们哪里会感悟到，当时在一张白纸的情况下，许诺他们创办中国电视的不容易！正是由于许诺老师等前辈的许许多多的辛勤付出，上海和中国的电视事业才不断地在求新求变，逐步适应了人民群众的审美需求，快步追赶上了世界电视发展的水平。

毋庸讳言，十年浩劫一下子让中国的电视事业大倒退，许诺老师等许许多多艺术家只能到农场的"五七干校"去接受漫长艰苦的磨练，耗费了宝贵的青春年华。但是，凭着坚定的理想信念，她挺过了这段她个人人生的至暗时光。文革以后，她在广电局老局长邹凡扬的召唤下，又重新返回到了自己熟悉又钟爱的电视导演的岗位，这就应着了那句至理名言——"是金子总是会发光的"！

然后，我们看到，已经在"奔五"的许诺立即发愤图强，努力工作，以超人的干劲，把失去的时间抢回来。她忘我工作，做得风生水起，直至创造辉煌、硕果累累。在退休前的十几年里，许诺老师执导拍摄了大量的戏剧艺术片和综艺创新大片，在国内外都引起了很大的反响和好评。比如她执导拍摄的《璇子》（获 1983 年度全国优秀电视戏曲片"金鹰奖"）《芳草心》等电视剧在全国也是家喻户晓，其中的主题歌"金丝鸟在哪里……"和"没有花香，没有树高，我是一棵无人知道的小草……"传遍大江南北，甚至全球整个华人圈。她在全国获大奖的作品还有电视剧《你是共产党员吗？》；越剧电视连续剧《梁山伯与祝英台》（五集）；越剧电视连续剧《西厢记》（四集）；采茶戏电视剧《桃花运》；越剧电视剧《三刺女皇》等等，可谓硕果累累。她是国家一级导演，中国电视艺术家协会会员、上海电视艺术家协会会员（曾任常务理事、理事、荣誉理事）、中国电视戏曲评奖委员会评委。也因此她被评上 1985 年度上海市委宣传系统先进工作者；1987

年被上海电视艺术家协会授予"文学艺术荣誉奖";1995年被全国戏曲电视剧评委会授予"最佳导演奖";2008年在中国电视剧诞生50周年之际,获中国广播电视协会"为开创我国的电视剧事业做出了突出贡献"荣誉证书。

十几前年,上海市文联推出了本市各行各业对新中国和上海的文艺事业作出卓越贡献的一百位杰出艺术家,其中,许诺老师赫然在列。上海文联布置的许诺老师的人物传记,正是由我花了将近三年的时间撰写的。整个写作过程,对我来说是一个学习、了解的过程。也是一个向经典致敬的过程。许诺老师的这部人物传记几年前在上海书展一上架,便很快售罄。

言归正传,许诺老师的这本书,收录了她从上戏毕业,分配到上海人民广播电台后创作的第一个广播小说剧本开始,一直到她退休后,抽闲排列的自己工作年表结束。编纂过程中,给我留下了如下四个深刻印象——

许诺老师的每一篇文章,都体现了她对于本职工作的高度的责任感,冲天的干劲,敏锐的政治判断力,对于作品的超强的宏观把控能力。

许诺老师性格率真率直,体现在语言的表达上,非常质朴,往往直抒胸臆,直奔主题,并没有过多的修饰,更没有套话和空话。

为了将每一部作品打造成为艺术精品,许诺老师总是把每一部作品的来龙去脉,它的时代背景和背后的各种复杂的人物关系分析得清清楚楚,这样就为演员的表演提供了强大的心理和行为逻辑的支撑。

许诺老师在每一篇"导演阐述"中,对参与打造每一部作品的各个部门,比如摄像、灯光、录音、服装、舞美及环境布置等等,以及

后期的音乐、技术合成等都提出了相当高的艺术要求。她总是希望执导的作品能够创造出艺术精品。

读许诺老师的这部文集，留给我的印象：她执导拍片，既高屋建瓴，又非常缜密仔细。这些，都是我们后辈的导演需要认真学习、借鉴的。

在许诺老师的鼓励和期待下，我十分荣幸、斗胆为她的这本书写序，希望得到方方面面的专家的指正。

张文龙

2023.10.26　于沪上枣树斋

前　言

我为什么要写这本书呢?是因为自己已经到了 90 岁高龄了,用文学的语言说,已达鲐背之年。作为上海电视台的创办者之一,趁自己身体尚好,脑子还灵,我想留下一些关于作为一个荧屏的拓荒者历程的许多文稿或文字记录。

为什么要把书名叫做"一个荧屏的拓荒者的历程"呢?因为大家知道,中国电视是 1958 年春天首先在北京创办的。紧接着在同年的 10 月 1 日上海的电视也开播了。而在此之前,我国根本没有电视这种大众传媒和相关行业。而我有幸成为当年上海电视开播这一重大事件的主要参与者,是第一个将上海自己制作的电视节目的镜头切换出去的导演。其他参与这一事件的有我的好多领导、同事、好友,在以往的几十年中,陆陆续续辞世,健在者越来越少。理智和良知告诉我,必须抓紧时间,将自己中青年时期,以及离退休前写下的一些手稿和文字寻找、整理和保留下来,这些文稿或许对于研究上海乃至中国电视史、上海的电视剧、电视综艺史,和电视导演艺术及风格的形成和发展史等等,或许会有一些裨益。

为了让事情做得更加严谨、完满一些,于是,我特地邀请了我的同事——张文龙先生帮忙整理、编辑,他是中国作家协会会员,曾经帮我撰写过一部由上海市文联组织出版的关于我的人物传记《创新求变绣荧屏——许诺》,对于我的情况比较熟悉、了解,由他来编辑此书,我很放心。我还邀请他为本书作序(因为张文龙也是中国文艺评论家协会会员)。去年,我的先生——高鸣老师的专著《"沪闽耕耘录"高鸣文集》,也是在张文龙先生作序,他和唐根华先生共同帮助此书

顺利出版发行。

我的这本书，分这样五个章节，第一章《储备》比较简单，主要是介绍我的父亲对于我的一生的重要影响；我在从事拓荒荧屏之前所受的与众不同的教育；我的比较特殊的生活和从艺的大致经历……我将这些都视为自己的世界观和艺术见解形成的重要储备期。

由于距离上世纪四十、五十年代时间太久远，那时也没有电脑，都是纸质手写的，又搬家多次，所以好多文案已经佚失，成果所剩一篇——在上海广播电台的一部关于广播小说的文稿。当然这一章不是我这本书的主要内容，所以只能点到为止。

第二章《拓荒》，是我的重点章节，主要是讲述上海电视台是如何创办的？因为我参与了这个创办的工作和整个过程，还参与了第一次承担了把上海电视传播出去的导演助手的工作。我通过一组回忆文章、剧本和播出后的工作小结来加以展示。我正是从1958年初开始了我的电视导演的生涯。我也立志在这个岗位上作出自己尽可能多的贡献。

第三章《灵魂荡涤》写得比较简短，因为从1966年开始，十年文革，我和所有人一样，都经历了人生和事业的低潮期，所以我只是简略地写一下那些年的人生历程，以及我后来在导演艺术上发力的部分重要缘由。

第四章《再创辉煌》讲述的是文革结束以后，我国开始改革开放，中国的电视又到了一个大发展的时期，我得以重返上海电视台和电视导演的岗位，也是我在电视导演岗位上大干快上，大放异彩的时期。在这章里，展示了我的许多重要电视剧和电视综艺节目的电视导演阐述，也有一些电视剧本的文稿。这个时期，我执导的作品获奖比较多，成绩也比较显著，用现在小年轻的时髦用语叫做"高光时期"。为此，我要虔诚地感谢时代、国家、领导和我的所有合作者！

最后一个章节《伏枥》比较短，是因为我在离退休以后，虽然也做了一些业内之事，但毕竟退出主战场，很难跟自己中壮年时期驰骋疆场的业绩相比。只能算是我一生事业的美丽尾声。

　　现在，我将拙著奉献给诸位，希望能对于感兴趣的读者和相关研究者有所帮助，当然也冀盼得到同行或者后辈专家的批评指正。

许诺

2023.10.30.于沪上浦东亲和源老年公寓

第一章　储备

在我的相关文稿展示之前，为了让读者，特别是研究中国电视史、中国电视剧方面的专家方便了解我，我将自己的人生经历作个简单的介绍。

第一节　我的童年

江南的元月，时处隆冬，冰天雪地，寒气逼人。1934年1月，我就是在这样寒冷的日子里，在远东大都市上海的一家医院里呱呱坠地。而此时，我国的抗日战争已经爆发将近三年。

我父亲许德良肄业于复旦大学，由于他的勤奋和努力，我家家境不错。当时的上海，暂时还远离战火，随着我慢慢长大，从我懂事之日起，就觉得父亲许德良每天都在忙忙碌碌，家里曾来到过无数批父亲的朋友，正如《红灯记》里小铁梅所唱："我家的表叔数不清"。在这种时候，父亲大多会让母亲带着我到大马路购物，或带我去四马路绿宝剧场看申曲。不曾料到，家里家外的这种潜移默化的耳濡目染，竟会对我以后的人生和事业会产生如此大的影响……

我的原名叫"许依儿"，这是父亲许德良在我出生时给起的，乳名叫"阿囡"或"囡囡"。由于父亲是个报人和著名的教育家，具有深厚的文学功底，起这样的名字，自然有其深意。根据《说文》："依，倚也。"《广雅》的释义也差不多："依，恃也。"显然，父亲希望许家生的这个女婴，将来定会成长为一个家庭可以依托之人，很可能还会成为社会可以依恃的栋梁之才。

我三岁那年（也就是1937年）时，已经有了记忆，我们一家四

口（祖母、父母和我），原先住在上海法租界萨坡赛路（Rue Chapsal，即现在的淡水路）的"仁华里"，一条新式弄堂里。这栋石库门有三层楼，我家住在二楼前客堂，三楼住着桂家两位"电话接线员的"孃孃、二楼后面的厢房里，住着邮政局做事的许依儿的寄爹——朱伯伯、寄娘——朱伯伯的聋鬖太太一家老小。

我记得，当时上海的高楼大厦并不很多，一天夜晚（大概是1937年10月30日），闸北那儿在火烧，烧红了半边天，我家住的三楼晒台上，挤满了看闸北火烧的人群。看到北面满天红光，大家七嘴八舌，议论纷纷。这是我第一次见证日寇对我国的侵略。

许诺孩提时代照片：

前排左一为祖母，左二为许诺。后排右一、右二为许诺父母。左一、左二是父亲的学生。

许诺

说明：这三张许诺儿时单人照片均摄于上海四川北路新祥里。
　　　最后一张母亲和许诺的照片摄于兆丰公园。

第二节　我的父母

我父亲许德良 1922 年加入中国共产党，即中国共产党成立的第二年入的党，是我党最早期的党员。我的母亲梁希真文化水平比较低，只有小学文化程度，她是一位贤妻良母。她一心一意在生活上帮助许德良带好子女，做好后勤。许德良娶她，也是为了有利于革命工作。因为，在白色恐怖时，党的地下秘密工作，知道的人越少越好。也是保护家人的一种办法。

我父亲许德良 1900 年出生在苏州一个城市贫民家庭，辛亥革命时，他是校内第一个剪掉辫子的青年学生。他积极参加过许许多多抵制日货演讲等爱国活动。1919 年"五四"运动中，他作为中学的学生代表，参加了苏州学生联合会，看到《新青年》、《新潮》等杂志后，把原来的"要做官、有钱救穷人"的思想，转变为"要把中国改变成为没有穷人、没有人压迫人、没有外国侵略的社会主义社会"的理想。他天资聪敏，极其勤奋，中学毕业后，他便考上了当时最令人羡慕的邮务商（邮局）。因为听说邮局与铁路相勾结，在做私运鸦片的营生，他不愿同流合污，就放弃了这份当时令众人垂涎的职业。

1921 年，父亲在上海伊文思图书公司做小职员，业余教英语养母度日，一边寻找社会主义团体。后来遇到参加邮政工人罢工的小学同学周启邦，便找到了劳动组合书记部张太雷、沈泽民、李启汉等同志，第二年五月即被吸收为 S.Y(C.Y)，三个月后，杨贤江代表党组织告知他，已被通过为中共正式党员了。从此他在党的领导下开始了艰苦卓绝的革命生涯。

我父母是在 1922 年结的婚。第二年，父亲在复旦大学读书。1925 年，他参加了震惊中外的"五卅运动"。

1927 年，父亲在上海大学管总务兼任附中教员。因上海工人三次武装起义，工人纠察队占领上海，上海大学附中停课，组织同意他回苏州母校（美国教会学校）发动群众收回该校教育权。同年，上海发生了"四·一二"事变，他急忙赶回上海。此时白色恐怖笼罩全市，上海大学里的组织同志已四散隐蔽，父亲失掉了同党的联系。在严峻的考验面前，他坚信共产主义，坚信中国共产党，相信总有一天会找到党组织。

我长大成人后，看了许多资料，听了父亲很多战友和同仁的介绍后，才更加了解了自己非常崇拜的父亲，原来是一个职业革命家。前面断断续续提及的那些革命经历外，他还开办了以吸收铁路青年工人为主的英文补习班，团结进步青年。他发起组织了"青年之友社"，并负责出版进步刊物《青年之友周刊》。不久，该刊后被国民党反动政府下令查封，被迫停刊。

其实，早在我出生之前的 1928 年，父亲许德良就在"青年之友社"的基础上，创办成立了职业青年的文化团体——"蚂蚁"社，他担任"蚁社"执委和文化部主任。他组织开展了形式多样、有意义的读书、摄影、戏剧、文艺等活动，激发青年的爱国抗日思想，发挥了团结教育青年的作用。"蚂蚁十年"，是革命的十年，战斗的十年。他终于用自己的革命战绩，在 1937 年与中共地下党组织接上了关系，并参加了上海"职业界救亡协会"的党团工作。

1938 年党组织交父亲一百元钱，创办"神州职业夜中学"，担任校长，教员有：蔡仁元（即韩念龙）、杨华清、熊天雄、朱启銮、焦明、何封、陈常（彭柏山）、林珏、马纯古等。学生主要是永安、先施、新新、大新四大公司里的小职员和学徒，有很多青年学生从此走

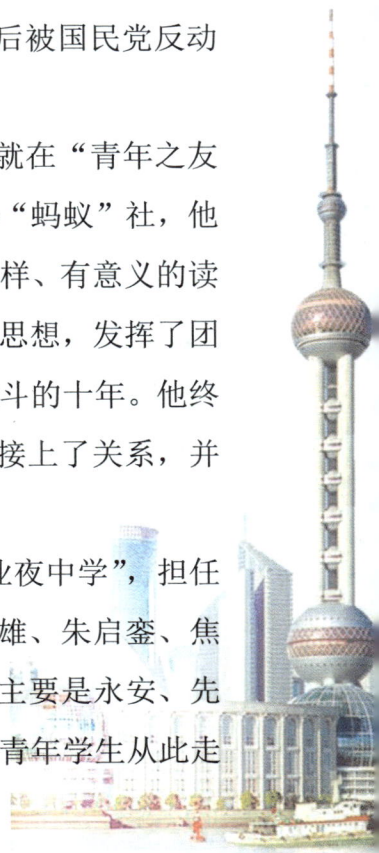

上了革命道路。每逢周六、周日，学校还举办学术讲座（训练班），刘定国（刘宁一）主讲哲学；马纯古主讲政治经济学；何封主讲社会科学概论；还有歌咏等。神州夜校办了两年，便发生了茅丽瑛①被暗杀的事件。

  汪伪特务机关"76号"曾三次要找神州夜校校长麻烦。组织上为了不出第二个茅丽瑛事件，不让父亲出面（那时他躲在《申报》馆，妈妈带着我去送过饭）。神州夜校只得停办，"蚁社"并入"益友社"，"蚂蚁图书馆"与"中华职业教育社图书馆"合并为"中华业余图书馆"，父亲任副馆长。

中华职业教育社图书馆集体照（第二排右一为许德良）

1928 年经邵力子先生介绍给《申报》馆经理张竹平，先进入《时事新报》馆工作，后转入《申报》馆。从事新闻工作十年左右。在三十年代任《申报》经理的马荫良先生曾写过一篇《可敬的德良同志》的回忆文章，其中这样描写当年我的父亲：

"他最初给我的印象敦厚谦和、不苟言笑。矮矮胖胖的身材，经常穿件灰布长袍。那时的电讯稿都是密码，需要逐字破译。我总见他坐在办公桌前埋头苦干，他那种一丝不苟的态度很给我好感。渐渐地，我发现他参加社会活动很是活跃，他以《申报》流动图书馆长期读者为主体，组织起'蚁社'读书会，请来了艾思奇、柳湜、夏征农（当时化名叫夏子美）等作导师；以《申报》业余补习学校及其分部学员为主体，组织起抗日救国团体，开展形式多样有意义的读书、演戏、交流活动以激发青年们的爱国思想……

"最令我感动和难忘的是 1934 年，由于《申报》的进步立场激怒了国民党当局，11 月 13 日那天，我们的总经理、著名的爱国民主人士史量才先生惨遭特务暗害，在此同时，南京方面又导演了一场贼喊捉贼的丑剧。消息传来，舆论哗然，《申报》六百余名同仁更是义愤填膺。12 月 13 日我们在报馆召开了史量才先生追悼会。在会上，德良同志一改往日的腼腆寡言，毅然起立发言，他说：'史总经理被残酷地杀害了，但我们还活着。我们应该继承他的遗志，继续奋斗！'他的发言简洁而有力，博得了全场热烈地鼓掌。在他的倡议下，我即起草了誓词：'同仁等以至诚继续史总经理遗志，积极奋斗，此誓。'当场全体同仁起立宣读，并定于每年史量才先生逝世日全馆同仁集合纪念。

"面对敌人的刀光剑影，德良同志慷慨陈辞，真不愧为大义凛然。"

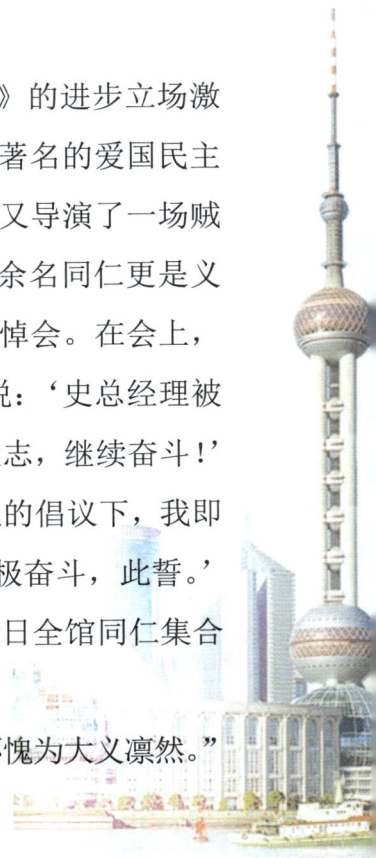

另外，在日本籍的中共党员、国际主义新闻战士西里龙夫的文章中，也可以读到关于父亲参加革命工作的描述——

"一九三五年十二月十九日，上海学生即组织起一次对南京国民政府的大请愿行动，集合点就在复旦大学。严冬的黎明，天尚未全亮……队伍分成许多行列，蜂拥而至，到达上海市政府门前。在给上海市长吴铁城的请愿书中，提出七项强烈要求：一、要求政府出兵讨伐汉奸殷如耕，制止华北自治运动！二、中央应制止华北军政当局对学生爱国运动的镇压！三、政府要保卫领土和主权的完整，出兵收复失地！……

"二十三日，组织了更大规模的游行……游行队伍不断壮大，不仅有学生游行，而且工人和市民也参加到队伍中来……

"忽然，有一位工人游行队伍中的领头青年，走出来站到路边堆放着的碎石堆高处。我吓得倒吸一口气，心里喊出：'要开枪啦！'那位青年工人面对端着枪扣扳机的警官队，开始了火一般的演讲：'你们的枪口对准的是谁？你们的枪口对错了方向！在民族危亡之际要站到我们这边来！'

"青年工人的面部极度紧张而苍白，声嘶力竭，表现出一种必死的信念。

"接着，警官队内部产生了动摇，那个要射击的警官说：'明白了，我们要站到你们队伍的前列！'说着走过来和示威的队伍一起前进。

"目睹如此动人的情景，怎能不令人兴奋和激动，我为继续前进的游行队伍，满怀热情地从内心给他们报以热烈的掌声……"

这是在报道一九三五年席卷中国的"一二·九"运动在上海展开时的现场记录，节录自日本记者西里龙夫的回忆录《在革命的上海》

一书。

　　这位日本友人西里龙夫先生，跟父亲是什么关系呢？

　　西里龙夫是父亲在二十世纪三十年代在上海"同吃新闻饭"的挚友。当年，父亲在上海《申报》任英文电讯收译员一职，西里龙夫是日本"新闻联合社"上海总局的记者，他是中国共产党党员，他有个中国名字叫"李龙"。他和父亲不仅是同行，而且是同居于一个屋檐下的好朋友，彼此都信仰马克思主义，朝夕相处，情同莫逆，后因风声渐紧，我们家迁至法租界后，音讯隔绝。

　　关于西里龙夫，从父亲的遗稿《反帝战士西里龙夫》中，有着详细记述：

　　1907年西里龙夫生于日本熊本市。1926年中学毕业后，即来上海进"同文书院"学习，当时院长是公爵近卫文麿（他后来担任过日本首相），可见日本政府对这个学校非常重视，是专门为培养侵华人才而设立的。西里龙夫在同文书院虽是学生，但是他的志趣却与学校对学生的期望完全相反，他组织了社会科学研究会，还参加了反帝活动。1930年他成为《上海日报》记者，通过尾崎秀实与"左联"等左翼文化团体取得联系，结识了鲁迅、夏衍、胡也频、许幸之等作家，还与王学文（中国共产党江苏省委委员）一起，在日本人中间组织"中国问题研究会"，这个会的核心成员是"日中斗争同盟"成员。之后不久他回到日本，加入东京"共产主义青年同盟"，在街头散发传单进行活动时被捕。由于他的活动主要在中国，所以以"日中斗争同盟"领导人的身分，将他押送上海受审，被判回日本劳役一年。1932年刑满出狱。

　　1933年西里龙夫再次到上海任"新闻联合社"上海总局记者，那

时又与王学文取得了联系，经王的介绍，参加了中国共产党，他的任务是收集日本人反战组织成立后的形势分析资料。……他化名"李龙"。1936 年"新闻联合社"和"电报通信社"合并为"同盟通信社"，他先被调往南京分局工作，10 月回到上海，担任读卖新闻社上海总站记者。这时与"满铁调查局"的中西功会面，为中国共产党与"满州"的日本人组织接上了关系。1937 年改任中国派遣军中路军的"中华联合通信社"驻军记者迁居南京。1942 年 6 月遭东京警视厅特高课逮捕，当即押赴东京，关入"巢鸭监狱"。经严刑拷打审问，始终没有屈服。他与中西功、神山茂夫等成立狱中组织，坚持斗争。1945 年，以"违反治安法及叛国罪"被判处死刑。不久，日本宣告投降，他被改判为无期徒刑，二月后被释放，回到同盟通信社。在东京，与中西功、浅川谦次等一起创立了"工农通讯社"。

1946 年，他被吸收为日本共产党党员，回到老家熊本，担任熊本县农民联盟书记长。他联络共产党、社会党、劳动组织、农民组合、生产协作的统一战线等组织，成立了熊本县民主联盟任书记长，同时又被选为日本共产党熊本县委委员长。1958 年他发起对修改治安保卫法共同斗争会议，参加的有共产党、社会党、总评，被选为副议长，后因年老改任日本共产党熊本县委名誉书记长。

十年浩劫之后，1982 年西里龙夫先生接受中共中央对外联络部的邀请，由他的女儿西里战子陪同，来华访问。西里龙夫在北京见到王学文。后又到了南京，领着女儿去看了他被捕和拘押的地方。到上海后，西里龙夫先生与阔别数十年，包括父亲在内的诸多老友重逢，赠送了他写的回忆录《在革命的上海》。还与女儿西里战子去四川北路看了他原来居住的地方，到龙华烈士陵园扫墓。西里龙夫于 1987 年 8

月因病逝世。生前教导他的子女："人只要活着，就应该为社会的发展和人类真正的幸福坚持诚实、不屈、谦虚的原则，生死可以置之度外……"足见西里龙夫先生的信仰之坚定，为人至诚至真！

显然，父亲他们为了革命、为了抗日，为了人民，冒着被砍脑袋的巨大风险，他们耗尽了自己的青春年华，进行艰苦卓绝的斗争，他们的高尚人格和奋斗精神深深地影响了我的一生！

附照片

图为许德良夫妇家宴西里龙夫来访
后排左三为父亲许德良，右一为许诺，前排左一为西里龙夫

第三节　颠沛求学路

我从 1938 年 9 月开始，到 1941 年 2 月，先后在上海市中心的私立的"人和"、"新环"读了两年多的小学。

不料，1941 年春，发生了震惊中外的"皖南事变"。为了躲避国民党反动派对中国共产党各级组织和干部的追杀和迫害，父亲奉地下党之命，于同年 3 月，带着我们全家撤离上海，转移到苏北抗日根据地。家具分别送给了亲友，衣物打包装箱带着走。父母携七十多岁的祖母、七岁的我，还有远房表兄、李妈和她的儿子、父亲的几个学生等十余人一齐悄悄地上了轮船。

外滩灯火通明，"呜——"一声汽笛划破长空，轮船在夜幕中离开十六铺码头，启航向吴淞口驶去，隐没在夜雾之中。

"别了上海，别了黄浦江！……"父亲注视着这片工作过、战斗过的热土，百感交集。而我第一次乘轮船，感到非常新鲜，不停地欢呼雀跃。妈妈则担心到了苏北农村，一家人的生活会遇到怎么样的状况？毕竟，当时那里不是一块富庶之地。

父亲见妈妈眉宇间不时飘过的愁云，安慰她说："那儿很好，一切都好，不会像在上海东躲西藏，担惊受怕了！"

祖母对父亲的表述总是微笑地点头，她充分信任自己的儿子，及其非凡的能力。

第二天早上，轮船到达苏北的张黄港码头。

在张黄港码头上岸时，持枪的一队日本兵以不准带军用物资为名，对旅客逐一进行搜查，他们野蛮地用刺刀捅开旅客的铺盖卷、撕破被子，把灰兰色的布、电筒、胶鞋都作为军用违禁品没收，一位老人为了夺回自己的一双胶鞋，被日本兵一个巴掌将牙齿打落，满嘴鲜血……

一会儿，日本兵来检查我们这伙人的行李，他们连我装玩具的网篮也要检查，把洋娃娃等玩具扔了一地，我气得大吼："不可以扔我的东西！"奔过去把自己的玩具放回网篮，抱起日本小朋友送的会闭眼睛的洋娃娃："这是你们日本小朋友对我鞠躬送给我的！"说着站起，眉间被日本鬼子兵腰间挂的刺刀刮破，"哇！"一声尖叫，周边的人一阵慌乱……

李妈急忙抱起额头出血的我："日本死鬼，把我们囡囡的头戳破了！"妈妈、阿婆都叫着："宝贝啊！……"一起围了过来。

日本兵看到这一行：小脚缎袍的老太、呢帽革履的少爷、烫发高跟鞋的太太、穿皮大衣抱日本洋娃娃的小囡、老妈子、跟班；还有皮箱、旅行袋、大小网篮一大堆。哪像是新四军，活脱脱是个地主还乡团，赶紧递上一盒日本"绿药膏"（治伤药膏），点头放行完事。

上岸后，父亲带大家在一个茶馆店歇脚打尖，后来知道，这里是新四军的一个地下交通站。因为父亲已经来过，当地向导（地下交通员）早就雇好了十几辆独轮车接应。阿婆和我被安置在一辆车的两边，阿婆的座位垫了块棉被，像沙发一样。因为早春时节，不仅天气还很冷，又怕我会掉下来，于是，父亲就用棉被把我裹牢，绑在车上。

三月的农村，桃红柳绿，一行十几个人、十几辆独轮车，吱吱嘎嘎，浩浩荡荡行进在春播的秧田埂上……。向导送一站换了人，交接后再送下一站，就这样一站站地接送，最后我们到达了新四军军部驻地——盐城。

刚到住所，放下行李，就听到振耳的轰鸣声，这不是欢迎的鞭炮，而是日寇的战机在轰炸县城，大伙儿立即被带到城墙脚下的防空洞躲避。

晚上住在军部招待所——一幢两层楼的空房子，没有门窗也没有家具，大家席地而卧。妈妈对着父亲连声叫苦："什么比上海好！你骗我，我上了你的大当了！"

父亲幽默地回答："你看，我们一到，就有炮弹欢迎，还有那么多的朋友保护我们。在上海，要是我被弄到汉奸的小汽车里回不来，你就永远见不到我了！"

不久，父亲被上级安排在新四军三师后方办事处任文教科长，带着全家曾到过东沟、益林、边许东、亭翅港等地工作。

从此，我便随父亲在抗日根据地各地上小学。时而在东沟小学及盐阜区联立中学附属实验小学读书，又因遇日寇大扫荡，我只好随父母到东坎、五讯镇、东港、东墩子等地"打埋伏"，进九层补习团学习。

第四节　读书和演出两不误

1941年新四军在苏北根据地，建立了抗日民主政权——盐阜区行政公署。共产党在郭墅张庄开办了第一所中学——盐阜区联立中学和附属实验小学，父亲担任中学副校长，我就地成了那所在庙堂里上课的附属实验小学的三年级小学生，还参加了抗日儿童团。那年"四·四"儿童节快到了，新安旅行团的小姐姐教小朋友们跳"儿童舞"、"海军舞"，演唱寓意团结抗日的歌曲"黄蚂蚁和黑蚂蚁"和歌剧《小红帽》。我这个从小就喜欢唱歌跳舞的上海小姑娘，个个节目都去参加，成了文娱积极分子。我在《小红帽》里扮演那个聪明活泼、机智勇敢，不上"狼外婆"当的带红帽小姑娘，非常认真投入，得到

广大观众的赞扬，我的首次登台获得成功。

1944 年 3 月到 1945 年 9 月，也差不多在同样的情况下，我进入了自己的中学阶段。先后在淮海区淮海中学读书，校址先在吴圩子后又搬到沭阳城。

1945 年 8 月 15 日，抗战胜利后及一直到解放战争开始，我的学习和演出生涯是这样的：

1945 年 9 月到 1946 年夏，因父亲要等国共谈判结果，决定他的工作去向，在淮阴待命，我在淮阴，插班苏北工业专科学校普科二年级读书。国共谈判破裂，国民党军队进攻苏北解放区。1946 年 10 月到 1948 年 2 月，我随父亲北撤至山东，父亲在山东大学小学行政科任讲师，我就参加了"山大儿童剧团"，一边学习，一边为部队和战区老百姓演出，经常随校转移。1948 年 3 月到 1949 年 12 月，我在华东建设大学青年队学习后，分配至山东渤海区党委文工团任演员。

1948 年，这是中国近代社会的一个巨大的转折点，也是本人人生的一个重要的转折点。从 1948 年 8 月开始，到 1949 年 1 月 31 日结束，在中国共产党党中央的指挥下，人民解放军连续打赢了辽沈、平津、淮海"三大战役"。国民党败局已定。

年轻的我的人生转折就是在这场伟大的战役的前后。

这一年的 3 月，父亲又奉命带着家人，从胶东回到战后的诸城、经潍坊渡黄河到达渤海区。父亲在华东建设大学校部工作，我被安排在建大直属青年队学习。不久，父亲任淄博中学校长，后又任东海师范学校校长。

从此，十四岁的我，背上小背包，告别父母，登上了独立生活的舞台，来到华东建设大学青年队驻地——大高家庄。

进了华东建设大学青年队的前三个月里，我经历了三个月的集中学习。在这里，我开始了解了精神层面的许多事情，经历了人生的许许多多的第一次。这里，什么都是公开的不像以前的地下工作，比如，党支部和新民主主义青年团的改选活动是公开的。我还在青年队里，第一次系统地学习了从原始共产主义到共产主义社会的《社会发展史》。还学习青年修养，建立起了新的人生观。另外，学习了土改政策，三查三整，评定出身成分等方针政策。

我凭着自己的开朗、大胆、率直的性格，第一次在小组会上鼓起勇气发言，谈自己的学习体会；第一次奉组长之命，给大家读报，还解释给大家听；第一次参加运草、推磨。帮农民群众拔麦等劳动，为了争取加入青年团，到水井打水挑入房东水缸……我觉得这些第一次，使得自己获得了很大的锻炼和提高，为刚刚踏上人生之路的自己，打下了扎实的政治思想基础。

我的巨大的人生转折，源于1948年初夏的一次军民联欢大会。因为我自幼就喜欢戏剧，平时又喜爱唱唱跳跳，喜欢结交一些曾在文工团、京剧院工作过的同志为友。所以，那天我与文工团的丁颖合作演唱了电影《十字街头》的插曲"春天里来百花香"。正巧丁颖所在的文工团团长王瑜为组建文工团来到青年队物色人才，经丁颖的推荐，王瑜团长立马在马颊河边约见了我，还请我们吃了甜瓜。不久，就接到了队长发来的到队部开会的名单，列在第一位的就是我得知去渤海区党委文工团，我异常兴奋。

7月19日午觉后，队部通知我和其他几个学员去组织科拿介绍信及个人材料，第二天就去渤海文工团报到。我成为一名革命文艺工作者，应该说，就是从这时候开始的。

我清楚地记得，安全抵达惠民何家坊党委招待所后，来自延安鲁艺的王瑜团长，首先抓的是文工团队伍的思想和作风建设，宣布了学习计划，接着组织大家学习了列宁的《共产主义运动中的"左派"幼稚病》等马列主义著作，还组织大家学习了毛主席的《反对自由主义》、《在延安文艺座谈会上的讲话》，和党章、党纲等文件，以及《新华文摘》，让大家全面了解了党中央的方针政策，和当时的时政和国情。另外，还传达了党中央关于提高文艺工作者修养的重要指示。通过学习，大家联系实际，检查自己的文艺作风和群众观点。从而整顿了我和那些来自五湖四海战士的思想，端正了大家的学习态度，提高了我们的政治觉悟。

许诺在渤海文工团照片

　　不久之后的 7 月 31 日，根据领导的安排，我和战友们，从当地党委招待所搬到了王家古楼。那天，我们与省人民文工团的团员们不仅一起举行了联欢晚会，还应邀在那里一起吃了晚饭。演戏结束，省人民文工团的团员们还前来欢送，为了我和其他们团员的安全，还送了照路用的汽油灯和两支枪用来自卫，这让我们倍感革命大家庭的温暖和真情实意。

　　经上级批准，拟定在同年的 9 月 17 日举办渤海文工团成立大会，这一天，八月十五中秋佳节，在王瑜团长的布置下，为准备迎接建团，成立了各个班组。由各个班组准备一档档联欢会的节目。我参加的是《军民一家》、秧歌、花棍等节目的排练。晚上点名时，王瑜科长布置大家讨论建团提纲，对全团的同志

进行了划分编组，我被编到杂剧组，因此与一起来的老友重新组合，搬到了新家。作为文工团的一员，大家都是党叫干啥就干啥，毫无挑挑拣拣的私心。

看到没有，由于战争，我所受的教育都是在颠沛流离中进行的，到后来也投身到解放战争的宣传演出之中。这与现在孩子们所受的安稳的、良好的、系统完整的教育有天壤之别！

我羡慕、感叹现在孩子们的良好学习环境，但也为自己在战争环境下学习生涯感到自豪。

在渤海区党委领导下，我们参加了许许多多的为部队和群众的演出。甚至还冒着危险，参加了保卫黄河的抢险救灾活动，这里不再一一赘述。

第五节　解放后接受正规教育

直到解放后，随父亲南下回沪，我才接受了正规的教育学习。首先是在 1949 年 12 月到 1951 年 9 月期间，我被安排进入上海中学完成初中学业。1951 年 9 月到 1957 年 9 月，经调到上海市委宣传部工作的老领导王瑜的指点，我考上了熊佛西当校长的上海市立戏剧专科学校（五年制，两年初级班表演科学完，可升歌舞科高级班）。可是，1952 年 12 月全国院系调整，将上海剧专与山东大学艺术系戏剧科，上海行知学校戏剧科三校合并成立中央戏剧学院华东分院（校址仍在四川北路 1844 号）。1955 年撤销华东行政区，将该学校改为上海戏剧学院，校址迁至华山路 630 号。我于 1953 年结束该校附中学业，升

入本科，完成四年表演系学业。

1957 年 9 月我被毕业分配至上海人民广播电台任广播剧团演员、文艺编辑。一直干到 1958 年 7 月结束。时间虽然将近一年，使我在方方面面，尤其在从事党的宣传工作方面受益颇丰。现在留下的文稿仅存一篇。

这里，需要说明两点：一、文稿的格式，采用的是当时电台文艺编辑普遍采用的格式，为保持原汁原味，不做修改。可能这与当今的广播剧格式不一致。见谅！二、事过六十多年，回过头，我在想，如果本人青少年时，没有根据地自己参加抗战和解放战争中的那些经历，我肯定写不出这样的作品和剧中主人公的那些所思所想。于是乎，又想起伟人对于文艺工作者写出真实作品的那些提醒。

第六节　文稿展示

广播小说《红军女游击战士》（录制剧本）

【旁白】广播小说《红军女游击战士》，根据午星著作的小说《一个红军女游击战士》改编

改编者：许诺

演播者：本台广播剧团（演员：沈西艾、周宝馨、王宗尧、江波、许诺等）

音乐编辑：王豪良

一、【音乐】

【李发姑自述：】1934 年的秋天，主力红军长征北上了。我们一

一被留在湘赣苏区坚持斗争的县苏维埃的同志们，已经撤退到安福太山区……

在一个夜里，我和县内务部的两个女同志，奉命先撤退，在上山时候受到了敌人的包围，我们宁愿死也不愿作俘虏，三个人便一起从悬崖上跳了下去……不知过了多少时候，我才从昏迷中醒来，发现我的右腿已跌伤，一个同志牺牲了，另一个同志也受了伤，我们活着的两个人，只能爬着找了些树枝掩盖好战友的尸体，爬着去找组织。

我们在找队伍的途中，又被敌人冲散了，我被一个砍柴老人救去养了一个多月的伤，后来由组织上派人来联系上了，我才回到了游击队。

由于形势很紧张，我们又转移了，我带着一条伤痛的腿，开始了艰苦的行军生活。敌人像猎犬似的盯着我们，我们只能白天隐蔽，晚上行军。我们连崎岖的小路都不能走，只能在那荒山野岭，人烟绝迹的地方，用肿痛多泡的脚来开辟道路。为了甩掉敌人，我们走过草地时，最后的人要把踏倒的草扶起来。在下雨的路上走时要把鞋子倒绑在脚上，使敌人辨不清方向。

白天我们藏在大山里，下雨时只能两人打着一把伞背靠着背地坐着。或找块突出的岩石藏一下脑袋，再大的雨也不能影响我们睡眠。晚上，行军休息时做饭，用小瓷碗做锅，树叶做盖。虽然做出的饭"中熟、下焦、上不烂"，但仍吃得香甜。米吃完了，我们就饿着肚子，或者吃些野菜、草根继续前进！【音乐】

二、红军长征后的第二个秋天，我在攸县县委工作。

一天早晨，天空没有一点浮云，山间气候宜人。当我走到甘子山脚的一座只有两三户人家的村舍时，突然发现十来个青年人就地坐着

晒太阳、吃干粮。他们衣衫褴褛，面孔黑黄，看样子，很多人身上还藏着短枪，当一见我时，都用探询的眼光打量着。

我装作漫不经心的样子，从容地走了过去，脑子里在紧张地估量着这群人："是敌人吗？不像。是自己人吗？在我们这个游击区范围内，从来没见着过他们，但，他们又不是难民，举止行动都流露出军人的姿态。"

一个挺着胸脯的年轻人，慢慢地向我走来，也许由于面部消瘦的缘故，他那一双大眼有些炯炯逼人，他迟疑了一会。

【段焕竟】："姑娘！啊，请问你件事……这儿有红军吗？"

【我装作不关心的样子】："红军？这可不知道。"

【段焕竟】："你是本地人吗？"

【我】："不是！"

【段焕竟】："听你口音，像是安福北乡人，那儿也是老苏区，对吗？"

【我】："你们是那来的啊？"

【段焕竟】："我们？……唔！你别怕，我们已经了解了，附近没有白军。"

【我】："谁管这些！"那人没说什么，只是用逼人的眼光向我瞥了一下，这神气好像在说："你呀！别装吧，我都看透你的身份了！"我马上迈开步子离开了他们，他们没有留难我，只是在背后议论着："……一定是自己人！""没关系，一会儿她还得转回来的！"……

【音乐】我转过山沟，跑回去，找着了县委书记吴金连同志，汇报了刚才的情况。

吴金连同志一边吸烟，一边静听，神态安闲，他慢慢地站起来，将烟锅里的灰烬敲干净而后说。

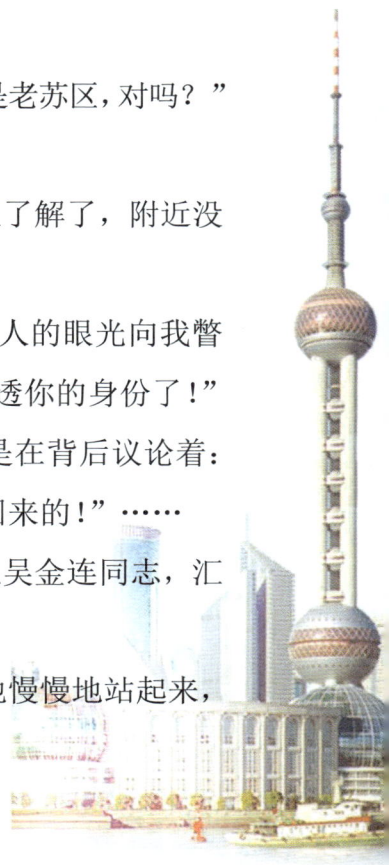

29

【吴金连】:"我去跑一趟!"

【我】:"我跟你去!"

【吴金连】:"不用了!如果是敌人,你去了反而坏事,如果是自己人,你去了作用也不大!"他拿起一把柴刀,捆了一小捆树柴,打扮成一个砍柴的老乡走了,我和留在山上的同志们在焦急地等待着。

【音乐】

足足有一顿饭的功夫,吴金连同志带着这群人上山来了,男同志们互相拥抱着、欢呼着,我们每个人都是又哭又笑的,吴金连的眼圈也红了,我还是第一次看到他这样激动,他指着那个青年说

【吴金连】:"这是段营长,红五团的营长段焕竟同志,……还有这几位,他们也都是红五团的同志,从湘南一路上打回来找省委的。他们吃尽了千辛万苦!……来给你们介绍一下:这是游击队长罗维道同志、这是女侦察员秋姑同志、这是县妇女部长李发姑同志……"

【段焕竟】:"我们早就认识了!——她还是我们的引路人呢!"

【我】:"我看出你们不是坏人,不过——刚才真对不起!"

【段焕竟】:"外表是靠不住的,发姑同志,你做得对,应该检讨的倒是我们!"

【吴金连】:"同志们,现在你们休息一下,晚上我就带你们到省委去。"

以后,焕竟同志被留下来担任湘赣边区游击队参谋长以及支队长等职务,因为工作上的关系,我们常有机会碰面,渐渐地,我俩建立了感情。

三、【音乐】

随着游击战争形势的好转，我们需要开辟更多的地区……可是在这一带没有熟悉这地区的同志，吴金连同志鼓励我们说："我们有法宝，那就是群众！"

我们和县委会另一位女同志秋姑在晚上到山村去建立农会、妇女会、儿童团等秘密组织，还发展地下党组织。当地有个敌人军事机关的侦探叫罗根元，他手下有四、五个得力的武装走狗，一支短枪，并且操纵几个反动组织，在各地活动，破坏我们工作，我们游击队决心搞掉他，队上派我和秋姑先下山去侦察。出发前我们详细了解了官田一家有名的商号'陈盛记'家的情况。这天傍晚，我和秋姑化妆成商人的女儿，下山去了！

【音乐】

罗根元的家住在山沟口上，门前有颗大树，我们一看只有个老太婆在家，屋里的陈设和一般农民家一样。秋姑装作有钱人家子女的派头，对老太婆说。

【秋姑】："喂，给碗开水喝喝，我们是赶路的！"

【老太婆冷眼看了我们一下】："锅里有，自己舀吧！"

【我】："老太太，你贵姓啊？"

【她爱理不理地】："姓罗。"

【我等秋姑喝完水，站起来】："妹妹，喝够了吧，咱们就走吧，还有一段路要赶呢！"

【秋姑马上用双手按着小腹】："呦，姐姐！不能走了，我肚子痛得厉害！"

【我】："唉！那我们就坐下歇会儿吧！（我又坐下和老太婆闲扯）老太太，你家里几口人啊？"

【老太婆】："还有个儿子没回来！"

【我】："今天回来吗？"

【老太婆】："这可不知道。你们是从哪里来的啊？"

【我】："我是官田'陈盛记'家的——她是我的表妹，我们去看亲戚的，妹妹还疼吗？"

【秋姑】："姐姐，我疼，不走吧！"

【我装着无可奈何的样子】："好吧，明儿赶早走！"

【老太婆】："不行啊，别处去住吧，我们这地方不给住外人！"

【我装着没听清，从口袋里掏出一块大洋递给老太婆】："老太太，这块大洋给你，请你给我们做顿饭吃吧！"

【老太婆】："不要这么多啊！（她一面这么说，一面把钱接了过去，犹豫了一会）嗳，好吧！吃了饭你们还是走吧，我这是为你们好啊！"

【我】："为什么？"

【老太婆】："上几个月，来了个男子汉，也是在这里过宿的，不知怎的，半夜里我那儿子就开枪把他打死了。前些时候，还有个妇女，也说走不动路在这里住宿，我儿子从她贴胸的地方查处什么纸条来，硬说人家是'土匪婆'用柴刀宰了！"

【我们压制着胸中的怒火，故作平静地回答】："我们是'陈盛记'家的人，不怕他！"

【老太婆】："等他回来后，你们可别多说话。阿弥陀佛，谁知道他会不会得罪陈家的人！"

我们吃完了饭，就等着这个坏蛋回来。时间过得那样慢，我仿佛听到自己的心房在"噗通噗通"地跳动着。【音乐】

忽然"呼突"一声，虚掩着的门被踢开了，但，没见人进来。

【老太婆悄悄地说】：“回来啦?!”"

一会儿，轻悄悄地进来了一个人，约有三十多岁，黑脸膛、矮个子、上身穿件对襟夹袄，下身穿了条灰布裤，一进门，他就用那双滴溜溜的猴眼瞅着我和秋姑。

【老太婆】："孩子，这是官田陈家的，走亲戚路过，小姑娘肚子痛，打算住上一夜再走!"

罗根元没说什么，他面对敞开的大门坐下来，老太婆在他面前桌子上摆了一壶酒，和一盆清蒸整鸡。罗根元喝了满口酒，右手撕下一只鸡腿，左手解开上衣的纽扣，腰间露出两把乌黑发亮的短枪来。

【秋姑】："唉！我肚子痛死了，姐姐我去上个厕所。"她出去没一会功夫，顺手将放在门外的一把雨伞拿了进来，这是我们和游击队联络的信号，表示罗根元正在家里。

【罗根元慢慢地吃完鸡腿，突然把脸一沉】："真神面前烧不了假香，好汉眼里揉不进沙子，在姓罗的头顶上飞的雀儿，没有个太太平平过去的，我姓罗的好说话，这两个家伙可不饶人！（他拍了拍腰间的驳壳枪，露出一脸的土匪相）老实些还能活命，究竟是哪儿来的?说！"

【我装做害怕的样子】："官田陈家的！你，你是什么人啊？"

【罗根元】："不许你说！嗳，你这个肚子痛的说吧！"

【秋姑】："我们身上只带了五块大洋，你要就拿去吧！"

【罗根元】："哈哈，真他妈的是受过训练的，装得可真像！快说，是干什么的?"

【秋姑】："到大表姐夫家去！"

【罗根元】："什么大表姐、二表姐的，陈家刚死了人，还走亲戚?"

【秋姑】："没仇没怨的，你咒人做什么?"

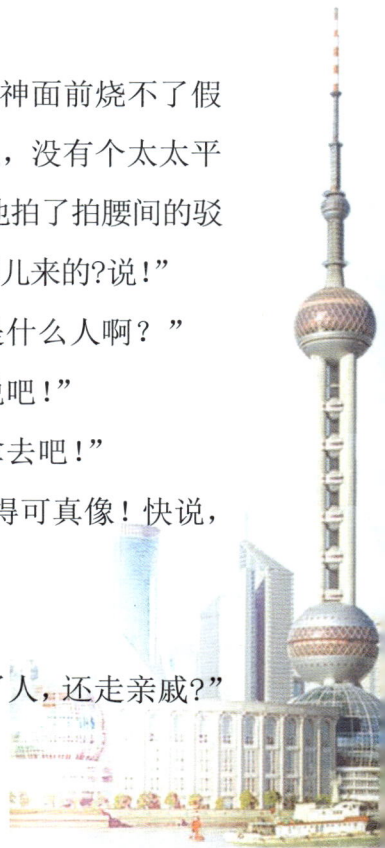

【罗根元】:"哈哈,还说是从官田陈家来的哩!连陈家的红白大事都不清楚!"

【秋姑】:"你才不清楚哩!上个月我大表姐出嫁,你说办丧事!"

【罗根元】:"嗯!"罗根元又回到原位去喝酒啃鸡了。

我看看老太婆,她阴沉地坐在屋角里看着这一切。我唯一盼望的是:游击队能迅速出现在这屋子里!该是他们来的时候了。但,却没有一点动静……我心想:"会不会迷了路呢?不会!昨晚他们已经侦察过道路;会不会找不着这屋子呢?不会!门前分明有颗枝叶盖天的大树;会不会秋姑弄错了暗号呢?我看看雨伞一把明明放在眼前,另一把还在门外,这说明只有罗根元一人在家,可以下手的暗号。唯一可能就是他们在路上遇到了情况,耽搁住了。那该怎么办呢?无论如何也不能错过机会呀!万一等不到游击队,我决定猛不防地先抱住罗根元,然后再招呼秋姑用绳子勒死他,好在我们已经事先准备好一根绳子,在秋姑腰里系着呢。"

正当我的心剧烈跳动的时候,忽见门外有个人影一闪,罗根元猛地踢翻桌子,吹灭了灯,"谁?!"伸手要掏枪,我和秋姑立即一左一右地拼命抓牢他的两只胳膊不放:"不许动!"这时罗队长已经站到他面前,用短枪对着他。

【罗队长】:"别动!我们是红军游击队!"

这个最大恶极的刽子手,终于伏法了。

四、【音乐】

就在这一年深秋的夜晚,月色朦朦,空中缀着几颗星星,我们得到地下党同志送来的情报,知道敌人要分三路来围剿我们。这时罗队

长拿出一卷用红绿纸写的传单标语，递给我。

【罗队长】："发姑！这是给你的任务，把它散发到官田去！敌人既然打算来搜我们的家，当然是作了充分准备的。硬干会吃亏！敌人不也是有个窝吗?利用这个机会去翻一翻倒也不坏！你懂得这个意思吗?"

【我兴奋地点点头】："懂！"

【接着他严肃的对我说】："另外，你到官田的时候，先和当地的地下党取得联系，确切地侦察好一两个有民愤的土豪，晚上我们去把他们抓起来！我们已经派秋姑先去了！"

我急忙吃了一点冷饭，将宣传品藏好，立即出发。

【音乐】我迎着阵阵袭人的寒风，摸黑走了一夜……直到旭日慢吞吞地从东方升起……当我快走近山嘴转弯的地方，突然听到一阵人声，似乎不像本地口音，我估计一定是敌人。看看四周，都是光秃秃的山坡，没一处可以藏身。但，如果返身逃跑，更会露马脚，怎么办呢?这时我看见一条水牛正懒洋洋地在山坡上晒太阳，触动了我的灵机，我立刻走去将它牵起来，嘴里吆喝着："你这个懒东西，走啊！"我把头上包的一块青布拉到眼皮面前，侧过身子偷偷看见四个警察和一个警长从我身边走过去。没等到他们走远，我便将牛栓到原来的地方，拐过山嘴，继续向前赶路……。走了四、五里路的光景，远远看到成群结队的白匪。我弯进山沟一个村里，向老乡买一捆树柴，将宣传品也捆进去，背在肩上继续向前走。刚出山沟，便碰上一队白匪迎面走来，走在前面的那家伙，用眼睛瞅着我，我故意装成农村里不懂事的姑娘，用一双好奇而惧怕的眼睛看着他们。大概他们忙于出发去"围剿"，没为难我就过去了。

太阳正中的时候，官田街口的敌军哨兵已经出现在我的眼前，样

子像等着我过去盘问。我慢慢走着，正考虑该怎样来对付这个哨兵的时候，突然间，秋姑却从哨兵身后钻了出来，手里拿着一只鞋底，一路嚷着跑来——

【秋姑】："姐姐，娘在骂你呢！说你光顾了砍柴，忘了替人家周先生做鞋子！快回去吧！娘都快急死了，人家周先生等着鞋子到县里开会呢！"

【我撅着嘴，满不高兴地】："娘就爱发急，也不知道这树柴多难砍。靠近的山，让人家保安队烧得光光的，一找就是七、八里赂！"

秋姑将鞋底递给我，又将我肩上的树柴背过去。敌人哨兵呵着双手，缩着头颈，没精打采地看了看，便放我们过去了。

我们很快和官田的地下党支部取得了联系，打听到官田只有一个班的敌人守卫，并研究了散传单的计划步骤。

下午一两点光景，正是官田街上热闹的时候。我用竹扛挑着一担树柴，放在人群拥挤的市集去叫卖。在劈开的竹杠里，藏着红绿纸的宣传品，外面绕着一圈铅丝。我抓住一个没有人注意的时机，将铅丝扭开，使劲地把宣传品抛出去，宣传品在空中随风飘来飘去。于是，满市集的人都抢着、争着、看着，我乘机扔下柴担，回到地下党的一个同志家中，他为我准备了一套都是学生们常穿的旗袍，我便穿上，挟了几本教科书，走到街上。老乡们都很高兴，三五成群地聚集在一起议论纷纷。

官田只有一个班的武装敌人，他们无法应付这突然发生的情况。就在这天晚上，罗队长带着游击队来了。由于我们事先侦察好了情况，非常顺利地抓走了两个土豪。第二天，外出围剿的白匪，为了应付官田发生的严重情况，都被调回"坐镇"，敌人的"围剿"又一次落空了！

一天，组织上派我和肖大嫂，到山背村，配合地下党解决一个阻碍游击队活动的碉堡。肖大嫂是位中年妇女，从我们转入游击战争以来，她始终不愿离开我们。

她说："当牛做马的日子已经过够了，和游击队在一起，生活再苦些，心里也是舒服的，就是死了，尸首还有同志们埋哩！"傍晚，我们就出发了，由于党交给我们这样一项艰难的任务，她很激动，一路上，话也显得多起来了。

【肖大嫂】："发姑，你和老段几时结婚？"

【我笑了起来】："看你这老实人，也爱开玩笑！"

【肖大嫂】："不，这是正经话！老家还有人吗？"

【我】："有两个老人！"

【肖大嫂】："有音讯吗？"

【我】："没有，过去父亲做长工，养活我们娘儿俩，闹革命时，三口人分到七亩地，日子过得不赖，现在可不知死活了！土地当然精光，还要倒租呢！另外红军和干部家属，每户要罚五块到十块大洋，不饿死也给逼死了。"

不料我的话却引起了肖大嫂一阵难受。

【肖大嫂】："你比我强！你也有个盼望，说不定老人们能熬过来！可是我呢，我亲眼见到白匪将我的丈夫杀死，她再也不能和我生活了！不怕你笑，那时我懂得太少了，我很软弱。临刑前，我甚至跪在刽子手面前求过他们！——我们的一个十岁孩子，失散后没有一点消息！……唉！有时我这么想：人死了为什么不能再活过来？"

【我】："……多少人妻离子散！多少人流离失所！这是敌人一手

造成的，这海一样深的仇恨所激起的波涛，终久是会把所有的反动势力完全淹没的！"【音乐】

夜晚，空中正下着霏霏细雨，我、肖大嫂以及六个地下党同志和当地基本群众，悄悄地摸到离敌人碉堡五十公尺的草窝里停下来。我们八个人中，最好的武器，便是我的一支没有把握打响的手枪，此外都是梭镖和柴刀。这个碉堡由六个保安队守卫着，对着我们的碉堡门紧闭着。也许，因为下雨，敌人没有放哨，上一层的枪眼里露出昏暗的灯光。

我们将装着炸药的竹筒，分散在远近不一的地方。肖大嫂搬了好几捆柴草，堆到碉堡门口，又在上风方向，摆了一堆辣椒和树柴。

一切都准备好了，我们对着碉堡喊："游击队来了，快缴枪吧！"

一个男同志吹着哨子，大声吆喝："一排向左，二排向右！"

敌人盲目地向外打枪，我们的竹筒也在"蓬蓬蓬"地爆炸，我们八个人呼喊："冲啊！杀啊！"

敌人十分顽强，他们始终没有缴枪，于是肖大嫂把堆着辣椒的树柴点着火，借着风力浓烟直往枪眼里钻，敌人碉堡里的咳嗽声没停过。我们警告敌人："如果再不缴枪，我们便要烧碉堡！"

【碉堡里回答】："妈的……咳咳……你们，咳，做梦也别……咳……"

马上，碉堡门口燃起了烈火，火苗直窜堡顶。这时才有敌人从碉堡顶上跳下来，我们一看已经摔死了，其余顽守的敌人都被烧死了。

六、【音乐】这年我和焕竟结婚了。婚期那天，我从外面回到省委驻地，看到罗队长在地上拾毛栗子。他领我到一个生着火的棚子里，我的心在跳，眼睛老盯着脚面，进棚一看湘赣省委书记兼军委主席谭

余保同志也在，我激动地叫了声："谭主席！"

【谭主席让出个坐位来】："坐下吧，烤烤火！"

这时我才见到焕竟也坐在这里，我们俩都显得很拘束。谭主席先问了我最近的工作情况，使我的心跳得平静些了，然后——

【谭主席】："两年来，我们的游击队办这样的喜事还是第一次，这也说明了斗争形势在逐渐好转，同志们很高兴。现在，你们说说婚后的理想吧！"

我们都没有开口，谭主席看出我们有些难为情，于是他又说："结婚以后，你们应该考虑的是：如何不妨碍工作，如何互相鼓励前进！敌人形容我们说：'残匪生活陷入绝境，以致人人自危，军心涣散！'其实这正说明敌人永远也不会理解我们。他们不懂得，我们共产党人是最善于安排生活的，再艰难些也不能使我们陷入绝境。"谭主席叫人填了两张苏维埃时保留下的"结婚证书"，递给焕竟和我说："一切按照苏维埃时的传统办理。祝你们成为模范的革命夫妇，今后好好努力，共同前进！"

我和焕竟都很激动……

罗队长催促着："走吧，到'洞房'去！"所谓"洞房"，是一座用杉树皮和竹竿搭在山腰的棚子，里面已生起了火，谭主席拿出四元钱派人买东西，准备会餐，罗队长忙着张罗饭菜，布置岗哨，还抽空来说几句笑话。

正在大家忙着为我们办喜事的时候，忽然有个同志匆忙从山下走来，他想和我说什么话，但却跑到谭主席那儿去了。他们谈话声很低，末了只听到——

【谭主席】："是不是可以考虑另外派人去？"

【我已猜到是什么事了：最近我们计划抓一个土豪，由我负责侦察，当时地下党的联系都是纵的关系，换人去会增加许多困难。因此我立即站起来说】："谭主席，还是我去吧！"

【谭主席犹豫了一会说】："好吧，还是你去一趟，吃点东西再走吧！菜都做好了吗？"

【有人说】："已经下锅了！"

【我】："不饿，让我早点走吧！"我带着那条当被子用的布单，向焕竟看了一眼，便匆匆向飘着雪花、油滑的道路走去……【音乐】

我和地下党同志接好头后，天已亮了，不便行动，我便找个隐蔽地方，扒开积雪，躺下来便睡着了。一觉醒来，身旁的雪化了，我已躺在水泊里，全身都湿透了，冻得直打颤，但精神上却有一种欢快的感觉。忽然，我记起昨晚是我的婚期，但，更值得安慰的是：我圆满地完成了一项任务。

七、【音乐】**从结婚那天和焕竟分别后，我们一直就没见面。**直到第二年的夏天，一天，组织上通知我，焕竟负伤了，明天晚上到这里来，让我一面工作一面护理他。就这样我们又在一起了。晚上我到山下村里去工作，白天给焕竟换过药后，他就教我学文化，没有纸笔，我们用树枝在地上划，没课本焕竟凭记忆来教我，有时我学不进去，他就说。

【段】："不学不行啊！将来革命高潮一到，你就要掉队的，来，我们上课。上次教的那课'造福'还记的吗？背给我听听。"

【我】："造福人，不享福，雇农自己没有谷；砌匠自己没有屋，裁缝穿着破衣服。"

【段】：“好！今天教一课新的，叫'黑白红黄'：

什么是黑的？土中的乌金；富人的贪心。

什么是白的？富人的华屋；穷人的枯骨。

什么是红的？清晨的日；工农的血。

什么是黄的？穷人的脸和身；富人的谷和金。”……

【音乐】我最爱这两课，从这开始我渐渐养成学文化的习惯。没多久焕竟的伤口开始好转了。

八、【音乐】红军长征后的第三个秋天，我们游击队接连打了胜仗后，为了保存有生力量，便开始转移……忽然，我听到一阵悠扬悲哀的歌声，这是肖大嫂的声音，我还是第一次听到这个沉默的妇女的歌声。

【我便向树林里叫】："肖大嫂！肖大嫂！"

【肖】："发姑。你来啦！怎么没跟大队转移？"

【我】："身体不好，上级决定叫我到后方和你们看守所一起待一个时期。"

【肖】："那太好了！……有喜了吧？"

【我】："是的，在这样的环境里，真糟糕！"

这时，忽然听见二妇人："二狗子！回来啦！""回来啦！"……

【我】："谁家在给孩子叫魂？"

【肖】："送情报的，紧急情况才用这个方法！我去一下。"一会儿，她回来了。"快，上山去告诉周所长，敌人已经封锁了我们，明天一早就来搜山，走！快！"

她拖着我拼命向山上爬，把这情况告诉周所长。这个"看守所"

里有难民、伤员、也有抓来的土豪。所长决定将所有人员，一齐移到山后的石洞里，可是最后必须留下一个同志来扫除我们攀登陡壁用的石块、树枝等痕迹，而留下的人便无法进入山洞了，该将谁留下呢？大家都争着要留下，最后——

【肖大嫂哭着请求】："请同志们信任我，请党考验我！同志们，我虽然不是一个党员，但我决不会对不起党！我要争取入党！"

是的，有谁不信任肖大嫂呢？她终于被留下了。我最后一个上陡壁，当离开时，她拉住了我，小声对我说——

【肖】："发姑，能做一个党员才是真正的幸福！你看，我能争取吗？"

【我】："能！"这时我不知该安慰她，还是该鼓励她，只是拉着她的手，说不出一句话……【音乐】

【音乐】天渐渐亮了，山下沸腾了起来，敌人来围剿了，不断从山下传来鞭打声、辱骂声。忽然，传来一声枪声，匪徒在嚷着："捉到了！一个，一个女的。"

"妈的，这土匪婆不说话！"

【匪军官】："带上来，快！"

【匪兵】："带上来，带上来！"突然又传来一阵噪杂声。

【匪群一片惊呼】："跳下崖了！"

【群众】："肖大嫂！……"哭泣声。

【我哽咽】："肖大嫂？！……"【音乐】

我仿佛停止了呼吸，在我眼前出现了肖大嫂坚定不屈的形象，在耳边响起了她的话音："我虽然不是一个党员，但我决不会对不起党！"【音乐】

九、后来，我又从后方回到游击队，我任县委妇女部长。这时，省委、军政委员会、游击队和我们县委住在一起，几个月来，我们和敌人捉迷藏，把敌人拖得精疲力竭，我们却无损伤。

不过，我们的生活却又暂时陷入了艰苦的境地，在白雪皑皑的深山里，找不到石洞和合适的住处，我们便找一块平坦的地方，将雪扒开，而后再将积雪压倒的野草扶起来，顶上加把雨伞，便成了我们最好的雪屋。有的同志在两颗树丫上，密密地铺上一排细树棍，便成了"吊铺"了。

我们的面色又黄又瘦，有的男同志头发长到披在肩上，稍有年纪的，更是满嘴挂着胡须，有的同志写诗道："盖的云雾天，铺的白雪地，吃的野草根，有颗赤红心。"

食盐和粮食是最棘手的问题，每人身上藏着十来颗盐粒，嘴里实在淡得难受时，便用舌头去舔两下，粮食已经断了几天了。

军委谭主席一边走着，一边对另一位同志说。

【谭】："只搞到一瓷盆米吗？也好，那就先煮稀饭吧！"

一会儿，饭煮好了。可是僧多粥少，不知该怎么分配好。最后谭主席决定："凡是战斗人员，每人一碗。"

【炊事员】端着一小碗稀饭："首长，给你！"

【谭】："我不能算参战人员。"

这时瘦骨伶仃的焕竟，披着一头散乱的长发，端着一碗香喷喷的稀饭向我走来——

【段】："怎么搞的，我一点也不饿，你喝掉吧！"

【我】："送给谭主席吧，首长也整整三天没吃上一颗米粒了！"

【段】："谭主席不肯吃，我和同志们都送过了！"

【我】：“谭主席不吃，我吃？再说，我也不饿哩！”

【段】：“这碗稀饭有你半份哩！他们本来要单独给你一碗，我说我的吃不了，就合一碗吧，再说，为了孩子你也该多少喝一点吧！”于是，我喝了一小口就跑了。

【音乐】

不久我生下一个男孩子，可是在这样的环境下，敌人逼着我们做母亲的不能养活自己的孩子。我要求同志们把孩子送给贫苦的老乡家抚养，我和焕竟一眼也没看他，便和我的孩子分别了。【音乐】

我们没有估计过这种艰苦的斗争将会持续多久？但我们每人都有一颗炽热而坚毅的心！党中央在哪？主力红军在哪？我们不知道！但我们深切地意识到：我们是和这伟大的整体血脉相通的！

代表党中央来传达指示的陈毅同志来了。

【谭主席将我介绍给陈毅同志认识】：“这是我们的女游击队员。”

陈毅同志非常和蔼的详细问了许多情况。后来主席说：“陈毅同志在赣南打了三年游击战，他和我们一样艰苦！对啦，发姑！你帮首长做双鞋吧！”这时我才注意到陈毅同志的一双鞋已十分破旧了。

晚上，我坐在一堆发着微弱火光的篝火堆旁，赶做一双布鞋，我竭力将鞋子做得结实些，更结实些！在未来的征途上，我们的行程又何止万里！！【音乐】

十、后来，湘赣边区的同志下山编为新四军一支队二团。二十年来，这支部队南征北战，参加了很多著名战役，为祖国建立了功勋，连敌人也不得承认这个团是勇猛的“老虎团”。

二十年来，这支部队的建制一直被保留着，1957年国庆它还庄严

地通过"天安门"广场，接受了我们的党中央和伟大领袖毛主席的检阅！

【音乐：解放军进行曲】

第七节　父亲后来的大致动向

最后，也顺便介绍一下我的父亲许德良解放后的动向。尽管他在解放前，曾为革命作出过相当多的贡献，但他仍热衷于职工教育，被选任为上海总工会"工会干部学校"的副校长。校长是刘长胜（原中共上海地下党领导人），常年不在上海，实际工作均由父亲来承担。后工会干部学校撤销，父亲任上海医学专科学校校长。后来，院系调整，父亲调入上海中医学院任副院长、顾问、《辞海》中医卷负责人。上海市委、市人大担任视察委员会视察委员、市政协委员、上海党史征集委员会特邀党史研究员等职。

图为上海总工会干部学校领导合影。左一为副校长金绍朱，左二为校长刘长胜（曾任上海地下党组织的负责人），左三为副校长许德良。

许德良（左四）、陆志仁（右三，解放前上海市委成员）
与战友们为茅丽瑛扫墓

注① 茅丽瑛（1910—1939），浙江杭州人。中国职业妇女俱乐部主席。中共党员。出生于穷
苦家庭。6 岁时丧父，母女相依为命。母亲在上海启秀女中当勤杂工，她在启秀女中半
工半读，课余兼幼稚园教师，各科成绩优秀。1931 年毕业后，考入苏州东吴大学法学
院，只读半年就因付不起学费而辍学。1931 年考入上海海关工作，当英文打字员。1935
年参加上海中国职业妇女会，1936 年，加入中国共产党领导的抗日救亡组织——海关
乐文社。1939 年 12 月 12 日晚，汪伪 76 号特务在职妇会所外暗杀茅丽瑛，茅丽瑛身中
三弹，于 12 月 15 日在医院身亡，时年 29 岁。上海解放后，陈毅亲笔写了挽词："为
人民利益而牺牲是光荣的，人民永远纪念她！

第二章　拓荒

第一节　当时我在干啥？

如前所述，1957 年的 12 月之前，我在上海人民广播电台做编辑工作。

1957 年的 12 月 8 日，寒冬腊月，阴冷异常。为了实践进入主流媒体的大学毕业生必须参加劳动锻炼的规定，我们打报告，要求跟随上海青年话剧团同赴皖北曹老集深入生活、劳动锻炼。这份报告获得台领导的批准。

于是，我们随上海青年话剧团来到了皖北农村——曹老集。曹老集镇隶属于安徽省蚌埠市淮上区，总面积 96 平方公里。曹老集镇北接固镇，南邻淮河，东接五河，西壤怀远，因三国曹操屯兵而得名，历史文化底蕴深厚，风光秀美，南有美丽的北淝河环绕，三汊河湿地景色漪旎，金山湖烟波浩渺。曹老集镇物产丰富，盛产大米、莲藕，养殖业、羊毛衫编织业成规模。但在当时，可是穷乡僻壤。因为我们都是主动要求到最艰苦的地方去锻炼的，所以，都很情愿地与当地群众打成一片。

在曹老集除了劳动、访问帮助农村开展文娱活动外，我还参加在农村、街头宣传除害灭病演唱七次，到县城、乡村、集市、工地文艺演出 15 场，参加了合唱、舞蹈《采茶扑蝶》，独唱：歌剧《小二黑结婚》选曲，秧歌剧《一朵大红花》、《夫妻识字》、黄梅戏《夫妻观灯》等。我仿佛又回到了当年生活、工作过的根据地和解放区文工团。

我和上海青年话剧团在当地不顾严寒，为广大农民群众演出，还应邀参加、帮助当地的各项工作，受到当地干部和群众的一致好评。

原定在曹老集的锻炼的时间为半年，可 1958 年 3 月 29 日，上海人民广播电台的领导打来电话来，说是因工作需要，通知我们提前回台。

赶回台里的文艺组后，我们立即投入宣传总路线的中心工作中去。

1958 年 7 月 30 日，上海电台文艺部主任刘冰、文艺组组长向阳找我谈话，组织上调我去参加上海电视台的筹建工作。为此，先让我去北京电视台（后来改名"中央电视台"）实习。8 月回沪后，即去南京东路永安大楼，到电视台筹建负责人赵庆辉处报到。

我后来才知道，其实早在两年之前，即 1956 年，上海人民广播电台（下称上海电台）副台长陈浩天和一些工程技术干部，跟踪国外电视发展的信息，就酝酿在上海创建电视台，并充实了技术研究组，重点研究电视广播技术。同年 8 月 2 日，上海电台台长苗力沉、副台长陈浩天联名给中共上海市委打报告，陈述国外电视事业的发展状况，申请筹建上海电视台。他们还于同年的 10 月 11 日编制出《1957 年上海电视台设计任务书》草案。10 月 22 日致函中央广播事业局，申报电视频率，并提出自己动手设计制造电视发射设备。

1957 年初，上海电视广播技术研究组在工程师何允、何正声的带领下，开始设计制造电视发射机及天线馈线设备。同年 7 月 26 日，上海电台台长苗力沉、副台长陈浩天向中共上海市委、市委宣传部正式提出建台方案，并转达了中央广播事业局决定利用北京广播器材厂的自制设备，进口少量零件，在北京建造小型电视台的消息。并且建议在上海建造类似的小型电视台，作为中国创立电视广播事业的初步计划。

这些建议，马上得到了上海市人民政府曹荻秋副市长的大力支持，立即纳入市政建设规划。正当各项工作展开之际，"反右派"运动开

始，苗力沉、陈浩天遭到错误的批判，被下放劳动，筹建工作一度陷于停顿状态。

直到 1958 年 3 月，中共上海市委才正式批准筹建上海电视台，隶属于上海电台，编制为 30 人。同年 4 月，上海电视台筹建组建立，赵庆辉受命负责。选定市中心南京东路新永安大楼为台址，在大楼顶部安装离地面 108 米的电视发射天线，19 楼改造成发射机房，图象发射功率为 500 瓦，伴音发射功率为 250 瓦。14 楼改成中心机房，13 楼改装为演播室、导控室和音响控制室。

而当时在电台工作的我，几乎对上述情况一无所知。但是，自从接到了要去创办电视台的任务后，我才渐渐关心起筹办电视台的消息来。

原来，把 1958 年 10 月 1 日，作为上海电视台开播的日子是有考虑的。除了 10 月 1 日是新中国第十个国庆节之外，还因为在 1958 年 5 月 1 日，北京电视台已正式对外试播，中国第一家电视台成立了。此时，对于从 1956 年就开始投身上海电视台筹备的上海电视人来说，距离"让上海人看到自己的电视"的日子也不远了。另外，十月将近，有消息传来，台湾地区要在 10 月 10 日也要开播电视。一直敢为天下之先的上海人，此时也憋了一股劲，一定要抢在他们前头，在当时中国最发达的城市——上海，创办出自己的电视台来。

然而，我和第一代电视人汇集而来之后，我们都面临了同样的一个问题"电视是什么？"有一位上海电视台的老同志还遇到过这样的笑话，——"科影厂有个同志对科影调来的摄影师说，你去了电视台以后，先帮忙把我这个收音机，改成电视。当时，他也不晓得能不能改成电视，只得顺口说好，好。后来才搞清楚，完全是两码事。而那

时，大家对电视一点概念没有。"

8月27日，我怀着对演员专业的恋情，对电视专业的好奇，和我的同事，在一头雾水的情况下，踏上到首都学习、取经之路。望着车窗外的不断甩后的江南盛夏的景物，这三个同事的心事和压力却是沉甸甸的，一切得从零开始，前景会是怎样呢？大家都感到一片茫然……

次日，火车刚进首都的前门车站，先期到京的技术员苏扬前来接站。小汽车经过天安门广场、革命英雄纪念碑、西单、德内大街，大家也无心眺望。最后，下榻在麻花胡同一座北京四合院里，这里是北京电台发射台的招待所。

至于后面的学习取经，和电视台筹建工作是如何进行的，请阅读下面我对此事的几篇回忆文章，由于时间相隔久远，有些记忆或许会有一些小小的差异，有些地方可以互为补充，有些地方涉及下一章的内容……为了保持历史真实，我也不去作调整和修改了，希望大家能够理解、宽容。还展示一下上海电视台成立初期，自己执导的剧本和播出后的工作总结。

第二节　荧屏拓荒的回忆、直播剧本和总结（七篇文稿）

第一篇：三十年沧桑染鬓白

许诺

时光摧人，今年是我最后一次参加台庆，明年我就要加入离休行列，告别我毕生为之奋斗的事业了。然而，充满甘苦辛酸的历历往事，

似乎就发生在昨天……

起点

1958 年 7 月 30 日下午，（上海人民广播）电台文艺组组长向阳（已故），陪同当时的文艺部主任刘冰，来办公室找我和周宝馨、王宗尧（已故）谈话。这席话竟定下了我进入电视界的终生。

筹建中的上海电视台，将于同年十月一日开播。也就是说，仅有两个月的准备时间！台领导决定，抽调广播剧团的同志去从事新兴的电视事业；先派我们三人去中央台、中央广播实验剧团实习。当时在我的头脑中，何为"电视"？只是一片空白，一切都得从零开始。前景会是怎样呢？我怀着对演员专业的恋情，对电视专业的茫然，登上北去的特快列车……

在作为北京电视台招待所的一个四合院里（得胜门内麻花胡同），像大会师似的，我又见到一批同仁，他们是先期到北京学习与调试机器的卢树人、张青严、陈绍楚、朱锡硅、王忻济、张庆科、苏扬（他到车站来接我们的）等技术人员；还有刚从上海电影厂调到上海电视台的周峰导演、朱盾、邹志民、肖振芬三位摄影师。当时我和黄允住在一个房间，在电视台我见过她，她那白净秀气的笑脸上常泛着腼腆的红晕。

我们到达北京的当晚，正值北京电视台（央视的前身，以下均称中央电视台）播出日（一周三次），大家聚集在男宿舍的电视机前，瞪大眼睛从黑白调机方格看起，一直看到节目全部结束，从大家相互交换的眼神中看出——啊？原来这就叫"电视"呀！总算是启蒙了。因此，永远不会忘记这一天：1958 年 8 月 28 日。

在半个月的时间里，我们跟班学习，参加中央电视台演播、转播

工作的全过程。当时央视的导演胡旭排练反映抢救上海炼钢工人邱才康的电视剧《党救活了他》，播出时周峰在导控室，我在演播室现场，怕万一"穿帮"，我穿上医护人员的白大褂，当群众演员。此外我还要见缝插针，找央视的节目、文艺、新闻等各组负责人，收集有关资料，如：人员分工、节目组织、编排串联单、节目预告、规章制度等。因为上海台的我们刚刚起步，一无所有。所以，央视的稿纸、表格、报销单什么的，我都要拿一份。我还要收集中央电视台从"五·一"开播以来三个月的节目串联单。如果没有现成的，就动手抄写。

回沪后，只有半个月的开播准备！完全是从无到有的白手起家，一切都非常紧张。为保证国庆节当天的顺利开播，我们在9月24日和27日，进行了预演式试播（包括技术上的收测性试播）。周峰任导演，乔善珍负责影片，我担任导演助理（具体负责图象切割，因此我荣幸地被称为"第一个切出上视画面的人"）。我还要联系组织部分文艺节目，广播员是黄其、沈沧都参与进来。

十月一日那天，大家从清晨4点多钟就开始忙碌了。陈醇、张芝任新闻解说（因要播出自己拍的国庆游行记录片，他们上午在现场任电台新闻实况转播的播音员），沈西艾、杨慧茵任电视台广播员。演播结束后，当时的代台长杨时传达国家主席刘少奇同志的讲话："要自己多造接收机，大力发展电视。"大家受到很大鼓舞，最后留影纪念。

当时，电视台十三楼的演播室只有60平方米，一次竟因为舞蹈"吉庆有余"的金鱼进不了电梯门，大家着实慌乱了一阵子。金日成首相抵沪访问那天，我们还演播了吴淞编导的歌颂中朝友谊的电视剧《姊弟血》，由沈西艾、周宝馨、王宗尧演出，戏中需要群众掌声，

因为人手不够，只好临时请摄象肖振芬帮忙，肖进了戏，认真地准时鼓掌，未料手离开摄像机的把竿，使得镜头也晃动起来……

当年十月份，我台第一部电视剧《红色的火焰》诞生了。当时我刚任电视台团支部书记，配合领导动员全台青年以此作为向上海市第二次青年社会主义积极分子代表会议的献礼。由李尚奎、沈西艾根据上海耐酸搪瓷厂青年工人李志祥用石灰做电石的先进事迹创作。周峰导演，李家耀、王家驹、李尚奎等主演。上海耐酸搪瓷厂、上海科影厂、上海戏剧学院、江南电影厂联合演出。该剧于 10 月 25 日、11 月 12 日连续演播了两次。

13 楼演播室的面积太小，这个戏的景是搭在 11 楼的食堂里的。因为隔音门窗紧闭，加上采用的是电影厂的水银灯，高温烘烤，非常闷热。当时没有空调，管理组只好拉来大冰块降温。高温季节，转播车内温度高达 40 度，技术员前后被滚烫的机器夹着，我坐在导控桌前，两个小腿烤得长满了痱子。

当时以苦为乐，互相支援，哪里需要就奔向哪里，是台里普遍的风尚。田台长（电视台是电台的一个部）要求我们"能者为师，一专多能"。我虽分工做导演助手（负责几台摄像机镜头的切割），兼编播行政干事，但组织节目、编排预告、写串联单等都得干。那天节目串联单写好了，已过了下班时间，无法派通信员送到北京路电台的秘书组去打字，我只得加班学着刻蜡纸，然后立即请通信员送电台新闻值班室拿去油印。否则不能保证第二天播出前，做到人手一张。

另外，我还要参加接待演员、场内联络、拟定规章制度、开稿费、选乐、配音解说、主持少儿节目、演戏、唱歌、化妆、监看、当摄象助手、摄象、节目导演和电视剧编导……许许多多工作我都做过，甚

至还帮助音响放过测试信号音乐。至于拉电缆、搬道具，更是每个工作人员的必修课。即便是当时的编播负责人兼导演周峰、奚里德，也常在现场帮摄象推移三脚架（后来才有土制推拉车），清理场地。在转播实况剧场休息时，遇到节目预告、天气预报有改变，而广播员又不在现场时，就只好由我在车上对外直播了。全台各组，百众一心，全力服务于第一线——以保证所有节目的安全播出。

创新

尽管当时条件很差，但大家都千方百计地为提高电视节目质量而工作，周峰转播话剧《我的一家》时，曾用16mm反转片，拍摄欧阳立安带着镣铐在龙华塔下，迈步赴刑场的场面作为尾声，很动人！在他导演电视剧《百合花》时，也有一段戏是用16mm反转片在外景地拍摄的，晚上直播时到时插入，演员在现场配音，冲破了演播室的局限，在"电视化"方面作了有益的尝试。

当时演播工作承担游行、体育、少儿、知识、音乐、舞蹈、戏剧、群众文艺、直至外国芭蕾舞、交响乐等五花八门的节目。为提高工作人员的业务水平，我们请台内外专家来讲课，内容有：导演的作品分析、摄象的镜头运用、布光、构图等课程。各工种还建立分工检查制，每月进行播出、节目、工种的评比，以提高节目质量，减少差错。

我对自己提出："节目有处理、准备有研究、演播有秩序、播后有小结"的要求，力求在艺术与技术的结合上、探索电视特点上有所创新和突破。

如：我执导电视诗《海誓》，运用土制海水投影；执导诗剧《王杰颂》，用16mm影片水的资料循环放映，与演播室演员的表演做特技合成，体现王杰在水中救战友的惊险情景；诗剧《小冬木》发展了影

片资料与模型特技结合，表现战争轰炸民舍的场面。还在室内用多块小景片，演员先期录画外音朗诵与音乐效果录音带合成，与演播同期声混合直播（解决演员忘词、避免工作人员换景、布灯操作杂声、解决录音机器设备及人员不足的困难）这无论是当时还是现在都是高难度的创新。

在1964年11月21日到同年的12月31日，应观众要求，我五次执导实况转播了北京空政歌舞团的歌剧《江姐》。因正值"中美合作所"革命烈士殉难15周年之际，我们在演出前与幕间休息时间，分别播放关于中美合作所的记录片《不要忘记这个地方》；请小萝卜头宋振中的姐姐宋振西讲《我的弟弟在集中营的时候》；采用了江竹筠和丈夫彭咏梧烈士和儿子彭云的合影；广播员播《四川日报》关于彭云成长的文章；在第二次转播幕间休息请四位扮演江姐的演员之一与观众见面；最后一次是《迎接新年为听众、观众举办歌剧"江姐"广播电视晚会》，播前该团王团长讲话；每次幕间都有场序字幕和承上启下的字幕，整个播出结构严谨、流畅，被评为优质播出。

1965年10月为配合"抗美援越"，我根据《像他那样生活》一文改编并导演了电视剧《不屈的阮文追》。从初稿到播出仅一周时间，全剧约一小时，共有四个场景加序幕、尾声，由于当时没有录象条件，全部都是在演播室直播的，后来要重播，只得再搭一次景、布一次光，演员都需赶来重头演一遍。

记得在一次播后小结会上，周峰曾感叹地说："哪一天能坐在家里，看自己导演的节目就好了！"可不，后来自从有了录象设备，这个愿望终于实现了！

上世纪80年代，我还执导录制了音乐节目《群星璀璨电视歌会》。

当时，海外歌星节目尚未引进，我首次尝试了激光与导控台特技、镜头特技的结合，已是很大的突破与创新；在执导《英蕾缤纷电视歌会》中，我大胆采用了摄影作品抠象与演员合成；在一套民歌节目中用国画抠象；在录《大世界》栏目张明敏《我的中国心》特辑时，我根据不同曲目分成三组，采用外景实录、图片抠象、内景装饰三种表现风格来录制。

我在执导录制电视剧《你是共产党员吗？》（获 1983 年度全国单本电视剧三等奖），重点在抓戏的处理；电视剧《春归》是着力于生活、舞台、历史三套式蒙太奇结构；执导电视音乐剧《芳草心》时，我尝试发挥电视所长，运用抠象与替身的组接，由一个演员表演双胞胎姐妹，同时出现在同一画面中；执导拍摄沪剧电视连续剧《璇子》时，我主要研究戏曲的电视特点，和电视的连续剧形式（该剧获第二届 1983 年度《大众电视》"金鹰奖"）；执导越剧电视连续剧《梁山伯与祝英台》时，主要探索古典剧的程式在实景中的有机运用，以及同时拍老、少两个版本（被 1987 年全国第二届戏曲电视剧评为优秀多本戏曲电视剧奖）；在拍南昌采茶剧《桃花运》（获全国第六届戏曲电视剧三等奖）时，特请戏曲音乐家刘如曾做音乐统筹，研究探讨在戏曲喜剧音乐中加现代摇滚音乐元素的配器，他予以肯定并当场用民乐打击乐器作了示范，我们在先期录音的有关段落运用了这些创新。

然而电视是随先进科技技术不断发展的事业，电视观众的胃口各异，容量无极。我认为，不断探索创新是电视事业兴旺不衰的生命力。

奉献

其实，各条战线都有无数的成绩、荣誉，人人都在为社会作奉献。我也常常听到不少赞誉之词。的确。我们为了观众的愉悦，不分昼夜，

不顾酷暑严寒，无时无刻在奉献自己的体力和心血，然而对于家庭、对父母、对丈夫、对子女我却是不称职的，我的成绩中也有他们的辛劳、付出和牺牲。

我女儿虽已夭亡两年，但我常因思念，而在梦中哭醒。1959年，我在怀孕时，正逢大搞"技术革新"，我们演播组为提高播出质量，没有外汇买进口设备，便决定自己土制"摄象机推拉升降车"。我们经常开夜车讨论研究方案，跑到相关工厂去请教老师傅找材料、未顾及她（腹中胎儿）的存在，还在五楼走廊突起的路面上奔跑时摔了跤，可能由此她出生时因脐带绕颈，大脑缺氧而失聪。1985年由于我忙于准备出外景，而疏忽了对她的照看，造成她暴病。女儿在昏迷中不断呼喊着："妈妈！"然而我还在新安江拍《梁祝》，接到女儿病危通知，我迅速赶到医院，只在她身边陪了一天一夜，终因工作太忙而忍痛离去。在她重病期间，当我告诉她我又要去看新的外景，她默不作声，是的，她知道她是无力阻止我对工作倾心的。直到最后，我总算在病床前陪了她十个昼夜。然而，终究换不回她的生命……在医院陪护时，我还急于分镜头、谈工作，不仅未在最后时刻给她全部爱，连我86岁高龄的父亲来看她，因为谈工作的人占用了探视牌，上不了楼进不了病房，未能见到她最后一面……

在我对电视事业的奉献中，有着不为人知，默默孤单地度过短暂一生的女儿，我对她有永远赎不完的罪！有人说这是无私，有人说这是自私，我矛盾痛苦，只感到一切都由不得自己，只能含泪奋勉。

此文刊载于 1988.9《我与电视》——上海电视台建台 30 周年征文选

1997.12 选载于上海老新闻工作者协会编《我们的脚印》(第三辑)

2013.7.18 整理

1958 年 10 月 1 日上海电视台首播成功后领导和同事们的集体留影（第二排左三为许诺）。（摄影伍亚东）

第二篇

四十八年风雨电视路

原上海电视台导演指导、一级导演　许诺

　　1958 年 7 月 30 日下午，上海人民广播电台文艺组组长向阳，陪同当时的文艺部主任刘冰找我和同事周宝馨、王宗尧谈话。未料，这席谈话竟定下了我进入电视界的终生。

　　筹建中的上海电视台将于十月一日开播，领导决定抽调广播剧团的同志从事电视事业，因此先派我们三人去北京电视台（9 月 2 日以后改称中央电视台）、中央广播电视实验剧团实习。当时在我头脑中，'电视'是一片空白。一切从零开始，前景会是怎样呢？我怀着对戏剧表演专业的眷恋，对电视事业的茫然，登上了北去的快列……

　　我们到达北京的当晚正值北京电视台播出日（一周三次），大家聚集在男宿舍的电视机前，瞪大眼睛从黑白调机方格一直看到全部节目结束。彼此间交换的眼神都传递着一个意思——啊，原来这就叫"电视"呀！永远也不会忘记这堂'启蒙课'，那天是 1958 年 8 月 28 日。

　　在半个月的时间里我们跟班学习，参加了中央电视台演播、转播工作的全过程。当时胡旭导演排电视剧《党救活了他》，刚从上影厂调我台的导演周峰在导控室，我和学摄像的同志就在演播室跟现场。此外，我还要见缝插针找参加演播的各个工作组负责人收集有关资料，如人员分工、节目组织、编排串联预告、贯彻规章制度等。

　　回沪后为了保证 10 月 1 日顺利开播，9 月 24 日和 27 日电视台进行了预演性试播，周峰任导演，乔善珍负责组织影片和放映工作，文艺节目则由我组织，第一张串联单也是由我写成，并刻成蜡纸由通信

员送北京路电台油印，现保存在局档案室里。

国庆节那天正式开播，大家从清晨 4 点多就开始忙碌。18:00 点我进导控室待命，18:55，周峰一声令下，我切出了上海电视台对外播出的第一个画面：时钟；接着 18:58 是台标；19:00 广播员播音……本台拍摄的第一条新闻片《1958 年上海人民庆祝国庆大会》；接着是周小燕、温可铮、蔡绍序等的独唱；广播乐团的小组唱；故事片等……直到整晚节目结束。

当年 10 月份，我台第一部电视剧《红色的火焰》诞生了。那时我刚任电视台团支部书记，配合领导动员全台青年，将此剧作为我台向上海市第二次青年社会主义积极分子代表大会的献礼。该剧由李尚奎、沈西艾根据上海耐酸搪瓷厂青年工人李志祥用石灰做电石的先进

事迹创作而成。于 10 月 25 日首播，11 月 12 日重播。

当时台领导提倡"能者为师，一专多能"。我虽分工做导演助手（切割画面），兼任编播行政干事。但组织节目、编排预告、写串联单都得干。有时还担任新闻摄影助手、摄像、节目导演和电视剧编导。甚至参与接待、联络、拟制度、开稿费、选乐、配音解说、主持少儿节目、演戏、唱歌、化妆、监看、帮助音响放过测试信号音乐等工作。至于拉电缆、搬道具、清场更是每个工作人员的必修课。

尽管当时条件很差，但大家都千方百计地为提高电视节目的质量而努力工作。我对自己提出了"节目有处理、准备有研究、演播有秩序、播后有小结"的要求，力求在艺术与技术的结合上、在探索电视特点上有所创新。如：直播电视诗《海誓》时，运用海水投影技术；直播电视诗《王杰颂》时，用了 16 毫米影片"水"的资料与演播室演员的表演作特技合成，体现王杰在水中救战友的情景；演播诗剧《小冬木》时，我们运用影片资料与模型特技结合表现战争轰炸场面；室内用多块小场景演播，先期录制画外朗诵与音乐效果合成音带与演播同期声混合直播……都取得了非常好的播出效果和社会反响，这无论在当时还是现在，都可谓高难度的创作。

后来，我在录制《群星璀璨》电视歌会时，我首次尝试了激光与导控台特技、镜头技巧的结合；在电视音乐剧《芳草心》中，我运用抠像与替身的组接，使同一演员扮演的双胞胎姐妹的同时出现，受到广泛好评。

由我执导（与杨文龙合作）并荣获 1984 年"金鹰奖"的沪剧电视连续剧《璇子》，主要研究戏曲的电视特点与连续形式。荣获 1987 年全国第二届戏曲电视剧奖的越剧《梁山伯与祝英台》，则主要探索

古典戏曲的程式在实景中的有机运用，以及同时拍老、少两个版本。都取得相当好的播出效果和社会口碑。

电视是随先进科技技术不断发展的事业，电视观众的口味各异，期许无限。所以，电视编导需不断探索创新，这是电视事业兴旺不衰的生命力。我从 24 岁进入上海电视台，48 个春秋转眼即逝，如今目睹电视事业的成长壮大、诸多后辈同仁创造出许多辉煌的业绩，感到无比的欣慰。

注：2006 年 6 月 13 日刊登于上海文广传媒集团主办刊物《传媒人》第 22 期"流金岁月"版块。

2008 年 9 月刊登于上海文广新闻传媒集团编《上海电视 50 周年征文选》

2013 年 7 月 20 日整理。

第三篇：

一个电视老兵的 "闪回"

许诺

打开尘封的日记，1958 年 7 月 30 日的篇章映入眼帘："……（上海人民广播电台的分管领导）刘冰、向阳和我谈了关于我和同事周（宝馨）、王（宗尧）要去中央台、广播电视实验剧团实习的问题。这在我思想上引起了不小的波动……在专业问题上顾虑很大，怕自己什么也搞不了。……即将要到我们的首都去了，真是有着说不出的感情激荡！党给我们这样一个任务——学习新的技术，既是培养，也是一种光荣，应该愉快地走，到哪儿都不要忘了自己的责任、应起的作用。我要培养自己忠于党，努力踏实地学习……党把我分配在这儿，我就要在这儿扎根。……"

随即，我向筹建上海电视台工作的负责人赵庆辉报到，接着在南京东路浙江路口的"永安大楼"12 楼，跟从电影系统支援来的导演、摄影、美术、放映、洗印、剪接等新同事见面，一起参观了新建的 13 楼的 60 ㎡演播室，18、19 楼机房发射台和楼顶的双蝶型天线。再到 5 楼看正在施工的导控室、大小演播室，接待、化妆、办公室等等。

8 月 27 日，我登上了赴京的特快列车。次日，火车刚进前门车站，先期到京的技术员苏扬来接站。所乘的小汽车经过天安门广场、人民英雄纪念碑、西单、德内大街……最后下榻在麻花胡同北京电视台发射台的招待所。我们跟在京调试设备的工程师、技术员会合。晚饭后，大家聚集在男宿舍，盯着一台 14 时电视接收机，首次看到了我国的黑白电视节目——18:30 测试信号；18:55 时钟；19:00 台标；广播员

报当日节目：新闻片；动画片《飞上月球》；故事片《证据》。由于是第一次见识，绝对铭心刻骨！1958年8月28日，我永远铭记在心！自此认识了这位让我为之苦恼、为之欣喜、为之拼搏……相伴50年的朋友——电视！

因为时间紧迫，我们采用分头对口跟班学习——周峰导演跟着北京台胡旭导演，我跟着周峰导演，一起看演播节目排练、分镜头、开播前串联会、直播全程、播后小结；还跟去转播现场，看剧场里摄像机的机位安置，转播车导演指挥、调度、镜头切换等等。9月4日，正赶上北京台播出电视报道剧《党救活了他》（上海瑞金医院医生抢救邱财康的事迹），我们跟了全程——导演和演员说戏、排练、带机定位……播出时，周峰导演在导控室观摩；我在演播室现场取经。因演播室小，怕我"穿帮"，北京台同行让我穿上白大褂，拿个本子扮作医护人员呆在现场。另外，我还要了解北京台节目的组织、联络、编排、预告、稿酬标准等。为此，我向北京台同行要了一些已播的节目串联单及节目文稿，以便回上海后模仿。回沪前周峰导演召集大家在北海公园茶室开了个学习小结、迎接开播的鼓劲动员会，回去后确保上海电视台10月1日对外实验广播。

在颠簸的列车上，我写下了9月14日的日记："在京半个多月的学习结束了，心情是兴奋、沉重而又愉快的。由于党的信任，任务的艰巨，这种紧张、新奇的生活，给我指引了正确的道路。我认为：在京的短短时日里，是我一生中难忘的转折阶段，由于党的信任和支持，我感到自己有一股说不出的力量，我愿为党贡献我的一切！"

9月25日，星四，晴，"……昨进行了一次收测试验（话筒线路输出）的广播，我担任了播音员，是件紧张的事——一出差错，便会

给电视台带来极不好的名誉。还好，最后未出差错，较顺利地完成了任务。"

9月27日进行了一次不对外的"实验广播"：广播员、新闻片、文艺节目、木偶片。根据串联单开串联会，节目排练、跟机演练……，反正跟正式播出一模一样，电视信号发射、接收（我们在本市不同距离的地方设立接收点）。这是对我台演播、技术人员在北京学习转播技术的考核，以及演播点上各部门临场配合的演练。也是市里广电有关领导对我们播出能力的审核。

由于试播顺利，9月30日，"上海电视台将在10月1日进行实验播出"的消息见了报。当时，刚刚建立的台行政、演播、技术……的班子一共38人。我除了组织节目、联系主持人，还为周峰导演撰写了9月27日、10月1日急用的《节目播出串联单》。因台内无打印人员，我只得学着用铁笔在钢板上刻蜡纸，让通信员送到电台（北京路）新闻部用手摇印刷机油印出《节目播出串联单》带回永安大楼。

1958年10月1日，19：00上海电视台第一次实验播出开始了！我担任助理导演，在周峰导演一声令下："开始！"我按时切出了第一个画面"时钟"。接着是台标；字幕祝词："庆祝国庆"；广播员开始播音；本台摄影记者用16mm反转胶片拍摄的第一条电视新闻片——"1958年上海人民庆祝国庆大会"；周小燕、蔡绍序的独唱；上海广播乐团女声小合唱；某部下士的山东快书；上海人民广播电台少年广播合唱团的合唱；电影《钢人铁马》，最后是字幕："晚安"。终于，我们顺利地完成了首播任务。我荣幸地成了撰写、誉刻第一份上海播出串联单、切出第一个电视画面的人。

借此就"闪回"这若干个"第一"吧——

由于工作的需要和领导的培养，我担任了 1958 年 10 月 8 日第三次实验广播值班导演，尽管播出的节目只是新闻片、美术片、艺术片，但对我来说，这次独挡一面的艺术、技术实践，我非常珍惜，因为在同批青年中我首得此荣。

1958 年 10 月 4 日，我被选任上海电视台第一届共青团支部书记。为做好党支部的助手，我在几天后的 10 月 6 日，为庆祝建国 10 周年，组织自创献礼剧目《红云崖》，并首次参加电视剧导演工作跟周峰导演联合执导。

1960 年 6 月 17 日，上海电视大学开学，领导决定我值班导演开学典礼，及苏步青等诸位著名教授讲课，事后写了播出汇报小结。

1963 年 8 月 4 日。我执导播出了儿童诗剧《小冬木》。由于场景、模型、特技较多，为保证直播时的声音画面质量，首次借鉴了录制广播剧的方法——将朗诵与配乐先期录音合成。在播出时再加飞机轰炸、轮船鸣笛等特效，既解决了人手、机器不够的困难，又提高了播出质量。1965 年 12 月 16 日播出电视诗剧《王杰颂》，我采用 16mm 江水资料循回放映，与王杰在水中救人的表演"同步同像"合成，达到了身临其境的效果。

1965 年 11 月 17 日播出了自己首次编导的电视剧《不屈的阮文追》，有四个场景，用 16mm 影片资料作片头尾配主题歌。由于反响很好，11 月 4 日重播。

1981 年 8 月中旬，我台首次与美国同行一起录制美国圣地亚哥青年交响乐团演出实况。我们出动转播车和 3 台摄象机，我与音乐编辑苏嘉负责导演、切换一条录象带；美方单机插入我方画面录一条。后期再细编，通宵制作完成，第二天的晚上 7:50—10:15（预先租好的

时间）顺利完成卫星传送。

1983年春节播出了由我执导（与舞台导演杨文龙合作）的我台第一部戏曲连续剧——沪剧连续剧《璇子》（5集），荣获第二届《大众电视》优秀电视戏曲片"金鹰奖"，茅善玉获优秀女主角奖。

1983年春节，我首次使用国产激光，执导了系列音乐歌曲集——《群星璀璨电视歌会》包括百花、彩虹、青春、乡音、银屏等五个分集。继而又采用摄影作品、国画及花卉图案等结合抠象、特技，录制了《蓓蕾缤纷电视歌会》六集，音乐编辑苏嘉做了大量的编撰组织、先期录音、接待安排等工作，邀请了全国数十名优秀歌唱家，汇编了群众广为流传的著名歌曲。这种歌唱系列集束播放，受到热烈反响和追捧，广大观众纷纷要求重播并索取歌本。为此中国唱片社上海分社将歌会灌成唱片、录成磁带在全国发行，《上海电视》编辑部将歌曲集汇编发行。

1984年7月，我执导录制了《大世界》节目第9期——《我的中国心——张明敏电视演唱专辑》，采用了棚内实录、资料抠象、外景拍摄三种方式，处理三种不同风格的歌曲，广受好评。

1984年12月，我执导拍摄了上海第一部电视音乐剧《芳草心》，在当时的技术条件下，处理一个演员扮演两个角色，多次在一个屏幕上出现，还是成功的。从此，"没有花香，没有树高，我是一棵无人知道的小草……"的歌声传遍九州大地。

1985年7月，我在执导拍摄越剧电视连续剧《梁山伯与祝英台》时，开创老演员和青年两组同时拍摄的先例，因是外地实景拍摄，免去了美、摄、灯、录等工种的重复劳动，缩短了拍摄周期，同时青年演员又得到了临场观摩、学习实践的机会。老演员可以放慢节奏、保

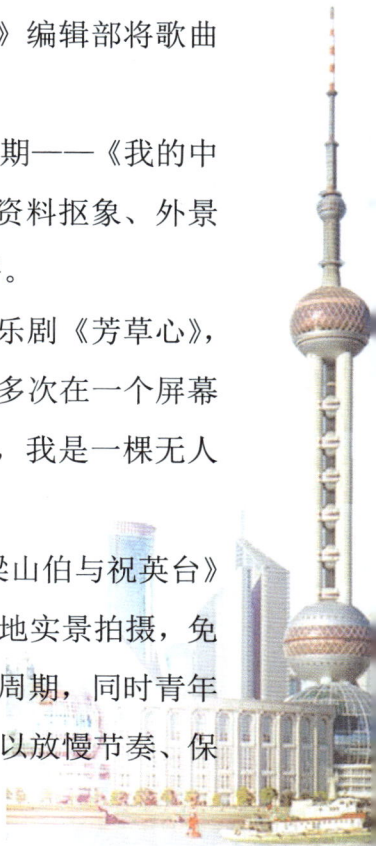

存体力，有时间细研自己的角色任务。该剧荣获第二届全国戏曲电视剧"优秀多本戏曲电视剧奖"。后来越剧《西厢记》、《李娃传》都采用两组同期拍摄。

1999 年 8 月 19 日，我在上海有线电视台《戏剧频道》，执导实录《星期戏曲广播晚会》将广播名牌展现在荧屏上。

虽然，我于 1990 年 1 月已光荣地被批准离职休养，荣幸的是直到 2008 年我还是录制电视节目的"票友"，我以自己能完成近 600 套节目迎接中国电视 50 华诞而欣喜！一个门外汉被培养为电视小兵……直到头发灰白，我的青春热血化为电波，消失在人群中……

可喜的是，这个老兵的双手还常在导控桌的键盘上跳跃，一帧帧记录艺术工作者成就的影象，随之飞舞成集……

2008 年 6 月 10 日

注：此稿起因于当年正逢中国电视诞生 50 周年，上海传媒集团《记实》频道、资料馆及央视《电影传奇》等纷沓来访，才认真翻阅自己各种版本的手记，此文从个人追述角度纪念电视诞生 50 周年，以飨读者，并期指正。

第四篇

转播《江姐》工作总结

在 1964 年 11 月 21 日——12 月 31 日,这一个月零十天的时间里,上海电视台五次转播了,中国人民解放军空军政治部文工团歌舞剧一团,演出的七场歌剧《江姐》。在这段时间里,通过反复实践,同志们逐步加深了对戏的理解和认识,才使转播工作质量逐步有所提高。

因为 11 月 27 日是重庆"中美合作所"革命烈士殉难 15 周年纪念日,首场转播明确为纪念 300 多名革命志士和爱国同胞。

电视处理:转播前节目组安排了记录影片《不要忘记这个地方》(记录"中美合作所")。电视导演在记录片结束后播毛主席题词:"死难烈士万岁!";广播员画外播讲缅怀先烈,继承遗志的话语;《江姐》片头用该剧说明书的红岩作衬底,摇出片名及演职员表,伴音"红梅赞";在幕前、幕间(出场序画面)及全剧结束音乐声中,插播衔接剧情和收尾的广播员画外插播词。

二、第二次播出 11 月 28 日,正值少儿节目时段,广播员在少儿节目标志,伴音《我们是共产主义接班人》后出现,便介绍小说《红岩》中"小萝卜头"的原型宋振中,接着请宋振中的姐姐宋振西讲《我的弟弟在集中营的时候》。因昨日是"中美合作所"烈士殉难 15 周年纪念日,应观众要求再转一次歌剧《江姐》并重放记录影片《不要忘记这个地方》。

电视导演在记录片结束后插播毛主席题词:"共产主义是不可抗御的!星星之火可以燎原!死难烈士万岁!"及宣传画:"做共产主义接班人"等,伴音《国际歌》第三段;将第一次转播中在幕前、幕间

（出场序画面）及全剧结束音乐声中，插播衔接剧情和收尾的广播员画外插播词写成字幕，同步播出。剧场休息期间请4位扮演江姐之一，与电视观众见面，讲话内容是11月27日《解放日报》第6版载文。

三、12月8日转播前，向观众介绍《四川日报》文章《沐浴在党和毛主席的阳光下——记革命烈士彭咏梧、江竹筠的儿子彭云的成长》，是穿插许多照片加朗读而成的。转播全剧处理同前。

四、12月24日第4次转播，在剧场休息时播放记录影片《不要忘记这个地方》。

五、12月31日第五次是《迎接新年，为听众、观众举办的歌剧"江姐"广播电视晚会》，前面播放的是总结64年成就，展望未来新闻记录片和北京台的《祝贺新年》电视片。剧场演出前剧团王团长致辞，剧场休息时播放记录影片《不要忘记这个地方》。

许诺 2008 年 10 月 13 日整理

附录制歌剧《江姐》时的串联稿照片——

第五篇：

电视剧《不屈的阮文追》拍摄播出剧本

编导：许诺

1、序——

【画面：阮文追像。

【书的画面，上叠出越南胡志明主席题词字幕："阮文追烈士为了祖国，为了人民，反对美帝国主义，英勇斗争，直到最后一息。阮文追英雄正气凛然，是每一个爱国者，尤其是青年一代，应该学习的光辉的革命榜样。——胡伯伯"

【同时音乐起——《阮文追颂》："啊！大海啸，高山唱，你的名字传遍四方，你的名字传遍四方。"

2、叠资料片：阮文追就义。

【《阮文追颂》歌曲继续："阮文追，阮文追，英雄的阮文追，你高昂着头颅，你挺起那胸膛，你高举着红火的旗帜，你的誓言永记在心上，永记在我们心上。"

3、麻布衬底上叠出片头字幕——电视剧《不屈的阮文追》。

【片头音乐起。

【叠演职员表字幕。

4、第一场（叠字幕）。

【审讯室窗子。上叠字幕："一九六四年五月西贡，伪警察署审讯室。"

【阮文追手带镣铐站立中央，左边两个特务站在门口，右边是审讯桌，桌上放着一架录音机，桌后坐着伪署长，正在翻看阮文追的

卷宗。他的右边坐着一个操纵打字机的记录员，身后站立两个特务，室内正后方有一窗户，外面是西贡大街，窗台有一花盆，窗左角有两只沙发。

伪署长：（抬起头，审问）阮文追……

阮文追：（没有作答）……

伪署长：（劝诱）你要想开些，只要把实情都招出来，脱离越共，我们就可以放你回去和你的妻子团聚，政府是会宽大你的。

阮文追：（冷蔑地）你别拿那套"招回"政策向我宣传了，那只会白费口舌。

伪署长：我知道，你不是这个案子的主犯，主犯是另一个人么。

阮文追：什么主犯不主犯，谁都不是。组织刺杀麦克纳马拉的是我，没有别人。

伪署长：（起身上前威胁）你竟敢谋杀一位美国第一流人物，你的罪行非常严重，你知道吗？

阮文追：（毫无畏惧，逼向伪署长）真正有罪的是麦克纳马拉、泰勒、约翰逊，美帝国主义！

伪署长：我看你还是早些认罪吧，免得吃苦头！

阮文追：凡是去干掉美国侵略者的人，只有功，没有罪。

伪署长：我问你，越共花了几万元钱雇你来干这桩事的，你还能赖掉吗？

　　　　【阿甲上场。

阮文追：这完全是捏造！我杀美国鬼子，根本不是为了钱，这样做是为了南方早些获得解放。

伪署长：这是我最后给你留条活路，没想到你还这么顽固，你从五月

十号进来以后，还是照样对政府进行反宣传，往美国顾问脸上抹黑。你反对美国国防部长，诽谤国家军，还谩骂政府总理。（指了指桌上的录音机）我们统统用录音机录下来了，这就是你的罪证。

阮文追：我光明磊落，事实怎样，我就堂堂皇皇地说。告诉你，我还要说，在你们的报纸上，把美国"顾问"捧上了天，拍他们的马屁。说甚么：他们是越南人民的朋友，这完全是颠倒黑白。（击拍桌子）我还要告诉所有读过你们报纸的人：美国"顾问"在我们越南犯下了滔天罪行，是越南人民不共戴天的敌人，我们一定要把他们全部消灭掉！

伪署长：（恼羞成怒）你……你住口！来人哪，给我拖出去动刑！

【两特务上前拉阮文追，被甩开，阮文追走到门口。

【阿甲拦住阮文追。阿甲向特务示意端来椅子，阮文追不请而座，阿甲坐沙发上。

阿　甲：（摘下太阳眼镜）唉！阮文追。你年纪轻轻，刚结婚才十九天，有一个漂亮的妻子和温暖的小家庭，为什么放着好日子不过，不为自己的前途想想，却跟着越共胡闹呢？

阮文追：（驳斥）胡闹？杀美国鬼子是胡闹吗？我早就想过我的前途，我觉得我做得非常对。

阿　甲：怎么能说做得对呢？你瞧，你受了这么重的刑，听信越共的指示，只能落得这样的下场。

阮文追：我谁的指示也没有听信，我恨美帝国主义，恨麦克纳马拉，他们给我们南方带来了数不尽的苦难，所以我要找他们算账，我要杀死他们！

阿　甲：（讥讽）可是，如今事情很清楚，你并没有得到什么好处，反而进了监狱！

阮文追：告诉你们：我所做的是正义的事业，不论冒多大危险，就是牺牲，我也心甘情愿。我不像你们这帮卖国求荣的走狗，只图个人的安逸，竟投靠美帝国主义来杀害自己的同胞。

阿　甲：（得意洋洋地）可是，我们不受罪，吃得饱，穿得暖。

伪署长：（在旁边帮腔）老婆孩子都很享福。

阮文追：（不屑地）像你们那样，我一天也活不下去；我宁可光荣地死，也不愿像你们那样地活！

阿　甲：你应该替你年轻漂亮的妻子想一想，你应该可怜她，娶了人家才几天，不要让人家守活寡。

伪署长：你应该给她幸福。

阮文追：你们是不是想叫我为了妻子而不顾祖国，你们这一切勾当绝不会有什么效果的，只要美国侵略者一天不滚出我们国土，任何人都得不到幸福。

阿　甲：（威逼但又有所克制）事到如今，你还那样顶撞，一点也不悔改，怎么能指望减轻罪过呢？你犯的是死罪啊，死罪是要杀头的！（阮文追回头逼得阿甲不得不后退，阿甲走向窗口，指着窗口）你如果死了，这美好的一切，你就看不见了！

【阮文追走向窗口。

【阿甲与伪署长交头接耳密谋，阿甲拿起自首书打算继续劝降。

【阮文追观察四周，准备跳窗越狱。

阿　甲：（拿着自首书给阮文追看）我看你还是明智些，在这张自首

书上签个字，这一切不愉快的事，马上就可以结束，我保证立即就放你回去。

阮文追：（接过纸）好。

【阮文追先是在纸上乱画，然后将纸扔在地上，阿甲与伪署长忙俯身拣纸，阮文追趁机跳上窗台拿起花盆砸向他们，随后跳出窗外。

众特务：（大惊）啊！（急忙上前扶起伪署长。）

伪署长：快，抓住他！（奔向窗口）

【众特务向外奔跑，阿甲倒在椅边，伪署长在窗口俯望楼下。

【警笛声大作……

【暗转。

第二场（叠字幕）。

【窗格。叠化出"监狱医院"的牌子。

【狱中。阮文追躺在病床上，伪署长入画来回走动。

【阿甲坐在一旁凳子上抽烟，床头柜上放了一台录音机。

伪署长：阮文追！

【阮文追静躺不理。伪署长走向阿甲示意。

【阿甲起身走向阮文追，打开录音机。

阿　甲：（吼叫）阮文追！

【录音机开始转动。

画外音：现在请刚从北方来的一位青年向你们讲话……

【阮文追听到声音猛第坐起，看见了录音机。阮起身拿出录音机里的磁带将它拉坏。

伪署长：（发急）你……

【阮文追头昏欲倒，支撑住了。

阮文追：我需要休息了，你们走吧！

　　　　【伪署长出门，阮文追转身，体力不支倒地，特务进门收拾局面。

伪署长：（呼叫）来人！

　　　　【门外走廊，特务搬东西过场，伪署长坐在椅子上。

伪署长：（沮丧地对阿甲）阿甲先生，这一切你都看到了吧！他铁了心了，我也精疲力尽无能为力了！（思索）为什么他的骨头那么硬？

阿　甲：老兄！你别灰心丧气么，既然当上了警察署的长官，就应该有办法对付这些共产党。

伪署长：我什么办法都使尽了。你看，给钱，钱撕掉；给他讲道理，他倒来个反宣传；给他用了各种刑罚，死过去好几回，还想跳楼逃跑，幸亏碰上了我们的汽车；摔断了腿，关在医院里他还想越狱，要他死，他反而感到光荣？嗨，我真不懂，这些共产党的骨头怎么这么硬？

　　　　【两人说话时，阮文追起身慢慢走向窗口，他在窗口看望。

阿　甲：要不怎么叫共产党呢？正由于难办，才请你老兄出面么！

伪署长：（突然起身）我看对付他只有一个办法。

阿　甲：（追问）什么办法？

伪署长：（向前走一步）枪毙算了。

阿　甲：（凑近）嗨，这叫什么办法！美国顾问能答应吗？你是知道的，美国顾问亲自有指令，这个案子不能轻易处置，要搞出大头来，那就是我们在政治上的胜利！

伪署长：万一让他再跑掉，我的命就完了，把他干掉算了。

阿　甲：老兄，别那么沉不住气，你草草地结果了他，不就表示你无能，别说美国盟邦的威信，就您阁下的名誉，不就扫地了吗？

【伪署长去看看门口。

伪署长：现在只有等他的妻子潘氏娟来了，看看有没有好的效果。

【特务上，阿甲示意带上。

特　务：报告！潘氏娟带到。

【潘氏娟被带上。

阿　甲：阮文追有多傻，人家安安乐乐去上工，自由自在，他却听信越共的话，现在落得这样的下场，自己被关在一个地方，妻子又被关在另一个地方。

伪署长：是啊！

阿　甲：署长，听说要枪毙阮文追吗？

【潘氏娟听到后震惊。

【阿甲与伪署长交谈，故意让潘氏娟听到。

阿　甲：啊呀，年轻轻的，结婚才十几天就叫人家守活寡。

伪署长：这就要看他自己肯不肯自首了。

阿　甲：我要是潘氏娟的话，就得劝阮文追自首交代罪行，这样既保住了丈夫的性命，又能夫妻团圆。

【潘氏娟返身欲走，被特务挡住，伪署长走了过来。

伪署长：（对潘氏娟）哦！潘氏娟，你想看看你丈夫吗？

潘氏娟：我什么时候都想跟我丈夫见面。

伪署长：好，你的愿望今天就可以实现。

潘氏娟：（不信）在他被抓走的那天晚上，你们也是用这句话把我骗

来的。可是这些日子来，我见到的却是那些吃人的刑具和你们对犯人残酷的拷问。

伪署长：这一次我说的可是真话。至于前些日子让你到处看看，也不过是让你好好地为你的丈夫阮文追想想。

潘氏娟：……

伪署长：唉！眼看你们这对刚结婚的夫妻就要永别了，我也很难过啊！我在这儿工作好几年了，不知成全了多少对夫妻。你只管相信我，只要你能劝说追哥回心转意，我一定立即放你们回去团聚，你追哥的生死全靠你啦！

潘氏娟：你们不是让我来看看他吗？他现在到底在哪儿？

伪署长：（指了指病房门口）就在这儿！

【潘氏娟向门口走去，被伪署长在门前拦住。

伪署长：（奸笑）嘿，嘿！别那么急呀！对你和阮文追这样年轻的新婚夫妇来说，现在是最美好、最幸福的时刻，你一定要他承认全部罪状。

【潘氏娟用力推开伪署长，她望着两扇紧闭的门迟疑了一下，但内心的一线希望给了她力量，终于鼓起了勇气，推开了门。

【潘氏娟看到了阮文追，径直走向阮文追。

潘氏娟：追哥！

阮文追：（从床上惊起）娟！

潘氏娟：追哥！（抚摸阮文追的伤腿）你受苦了！

阮文追：我很好，看见你，我觉得自己似乎完全好了！娟！其他被捕的人都回去了吗？

潘氏娟：你别担心，都释放了，只剩下我一个人啦。你很疼吧？

阮文追：他们也打你了吗？

潘氏娟：没有，他们只是不断地审问我，后来又天天把那些和谋杀麦克纳马拉案件有关的嫌疑犯带来审问拷打，强迫我坐在那里看。

阮文追：娟，你难过了？

【潘氏娟点点头擦眼泪，阮文追坐下。

阮文追：你知道敌人为什么要这样做？

潘氏娟：他们想吓唬我。

阮文追：敌人在教育你，要你擦亮眼睛，谁是我们的敌人，谁是我们的同志。你不能当着敌人的面淌眼泪，那样，敌人以为你软弱，是不是？

潘氏娟：（勇敢地抬起头来）我知道。

阮文追：我过去做很多的工作，都没有告诉你，为了遵守秘密工作的原则，我不能告诉任何人，哪怕是自己最亲近的人。你能了解我吗？

潘氏娟：自从那天敌人押着你回家来，我就什么都了解了。

阮文追：太好了！娟，我们生活在波澜壮阔的革命时代，你应该高兴啊！（见潘氏娟不理解，阮文追走向门口）你想想，以前只有一个部门或几个部门在进行，可是现在，整个西贡都在罢工，都在斗争。（阮文追回身到凳上坐下）我当了多年的工人，直到我刚入团才认清自己和我们阶级的力量，有一次，我参加短期训练班学习，听一位负责同志讲课，他讲得非常好。

潘氏娟：他怎么说？

79

阮文追：他说"你是电工，你家里有多少用具是用电的？"我想来想去，最后回答：没有一样是用电的，连晚上点的也是油灯。

潘氏娟：我家也没有电灯。

阮文追：是啊！你是个纺织女工，可是你也穿不上自己亲手织的花布，而是穿乡下织的土布。

潘氏娟：是啊，我们买不起啊！

阮文追：我当时也那么回答。那位同志笑着说"你看，创造出光明的人倒没有电可用，多么不公平啊！你到美国鬼子住的地方去看看，他们的厕所里也装着好几盏电灯，连狗棚里也有电灯。"他说"要是所有的电工一天不干活，那整个城市就会变得漆黑一团，因为，他们根本不会开机器。"

潘氏娟：（激动地）对！

阮文追：当时我也着了迷，盼望着大伙一齐停止干活，显示显示咱们的力量！

潘氏娟：追哥！现在外面的罢工可热火呢！

阮文追：我已经知道了。

潘氏娟：你怎么会知道的？

阮文追：前几天监狱里就没有电，没有水了，也听不见从窗外传来的车辆声音了，这不正说明整个西贡都罢工了吗？

潘氏娟：是的，是的，没有车辆了，也没有集市了，全城都瘫痪了！

阮文追：当时我们监狱里就响起了革命的歌声，那些特务们听了直发抖，就冲进来打我们，可是我们根本不理睬。你看，咱们工人团结起来的力量有多么强大，最后一定能战胜他们的。

潘氏娟：你讲得太好了，我相信那一天一定会到来。追哥，你知道吗？

虽然你没有炸成公理桥，可是把麦克纳马拉吓得丧魂落魄。

阮文追：我不知道，你听谁说的？情况怎么样？

潘氏娟：我听一个刚入狱的难友对大家讲的。他说，虽然他们出动了大批人马，挖出了地雷，还用探雷器在公理桥周围仔细探索，可是麦克纳马拉仍然不敢从桥上经过，他不得不坐直升飞机逃回美国大使馆。大家说，你把他吓得象耗子钻洞一样。

【两人大笑。

【伪署长、阿甲从门外闯进来。

阿　甲：笑什么？眼看你们就要永远别离了，还有什么可笑的？

伪署长：潘氏娟，我为了你们未来的幸福，让你来见他，你谈得怎样了？

潘氏娟：我只是来看看他。

伪署长：（一把抓住潘氏娟的手臂）快叫你丈夫自首，不然我也让你受刑！

阮文追：我完全没有罪。

阿　甲：你不自首，你老婆也别想出去。

伪署长：（抓住潘氏娟的手臂仍不松开）你快劝你丈夫自首，不然他只有死路一条。

潘氏娟：我不知道他有什么罪行，叫他自首什么？

阿　甲：阴谋炸毁公理桥！

阮文追：这一点我没有否认，我是要杀死那双手沾满越南人民鲜血的美国强盗麦克纳马拉。

伪署长：你跳楼想自杀，想割断关系。

阮文追：不，我们从来不会想到要自杀，我是为了回去继续进行抗美

81

活动！

伪署长：你！

【阿甲和伪署长走出门外。

伪署长：来人！

阮文追：娟，你回去……

【门外走廊士兵上。

伪署长：把潘氏娟带走！

士　兵：是！

阮文追：娟，回去告诉大家，我活着，我战斗着，我永远战斗着！

潘氏娟：追哥！不论你到那儿，我都要去看你，一换地方就给我捎个
信。

【病房门口，潘氏娟被拉出门去，阮文追追上，被特务用刺
刀挡在门内。

潘氏娟：追哥——

阮文追：娟！你要保重身体，你要坚强！

【潘氏娟在走廊上。

潘氏娟：你要好好养伤！

阮文追：娟！代我向大伙问好！

【淡出。

第三场（叠字幕）。

【椰林。音乐起，叠字幕："美阮集团为了阻止汹涌澎湃的
人民运动，决定处死一批犯人……"

【"死刑监狱"（配字幕）。站岗的伪兵，一特务入内交代后
下。

特　务：阮文追已经判处死刑，今天上级答应让他妻子来看他。

【潘氏娟上。

伪　兵：你在这儿等着！

【潘氏娟焦急地等待。

【阮文追上。

【潘氏娟迎接阮文追，仔细地审视他的脸和全身，特别是他的右腿。

潘氏娟：追哥！你觉得现在的身体比以前好多了吗？

【阮文追活动一下右腿，说着挺起胸大步来回使劲走动给她看。

阮文追：你看，我已经完全好了！

【潘氏娟强忍着满眶泪水，看着他坐下。阮文追欣喜的脸转为严肃。

阮文追：怎么？你已经知道了对我的判决！

潘氏娟：（点点头，抬起了眼睛）从他们把我放出去以后，我总期望着能和大伙冲进监狱，把你救出牢门。……可是，八月十一号却得到了你被判处死刑的消息……

【阮文追坐下。

潘氏娟：很多亲友见报后也都哭着来告诉我。我跑遍了所有的监狱，到处找你，后来才知道你在这里，我真担心他们已经把你……好不容易才花了钱，申请到一张探视证，爹已经请了律师，要求赦免你。

阮文追：不用请律师，白花钱，这是无济于事的。别幻想反动派会赦免一个革命者。娟，外面的情况怎么样？你要知道，我多么

想了解外面的情况啊！快给我讲讲。

潘氏娟：现在西贡连晚上都有人们上街示威游行……（叠化出资料片。
　　　　潘氏娟的画外音）各个工厂的工人都罢了工，学生都在罢课，
　　　　他们打着标语公开要阮庆下台。青年学生包围了阮庆的家，
　　　　要他公开在大家面前认罪，谴责他跟随美帝国主义，杀害你，
　　　　连小孩都公开咒骂阮庆的名字。

【资料片结束。

阮文追：看样子阮庆快下台了。

潘氏娟：长不了！据广南来人说，家乡几乎都解放了，解放军多极了，
　　　　成千上万地开过来，枪炮比抗法时期新式多了。有人在郊外
　　　　还碰到过解放军呢！

阮文追：好！太好了！听说敌人轰炸了北方，是吗？

潘氏娟：是的。

阮文追：轰炸了几次？

潘氏娟：一次。

阮文追：揍下了几架？

潘氏娟：揍下了四架美国飞机。

阮文追：咱们受到什么损失？

潘氏娟：没有什么，只有沿海的村庄受了点破坏。

阮文追：敌人侵犯北方，就是自取灭亡。好，以后你每次来要和我详
　　　　细谈谈国内外各种斗争情况。

潘氏娟：（一阵心酸，擦泪）唔……

阮文追：抬起头，挺起胸来！

潘氏娟：（抬起头）别为我担心，在监狱里许多革命同志对我教育很

大。

【阮文追欣喜地走向窗口。

阮文追：监狱是锻炼革命者的学校。

【二人进铁丝网。

潘氏娟：一位大姐对我说"对我们这些经常被拷打、被折磨的犯人来
　　　　说，那些优秀同志的生平和斗争事迹，就是最大的鼓舞力量，
　　　　能够鼓励大家继续经受一切考验，更加仇恨敌人。

阮文追：来，坐下，把这些优秀同志的斗争事迹告诉我，让我能学习
　　　　他们，经受考验，更加仇恨敌人。

【音乐起。

潘氏娟：有一位姐妹在一家商行干活，因为从她干活的地方搜出许多
　　　　有关文件和南方解放阵线的旗子而被捕了，敌人对她施用了
　　　　许多毒刑。有一天早晨，从刑讯室扶着监狱的墙壁艰难地一
　　　　步步拖着身子回来，她的十个指头被钉入了钉子，直淌鲜血，
　　　　刚回到牢房，就倒在几个难友的臂上，不停地哭泣。姐妹们
　　　　劝她几句，她说：让我哭一回儿，回到姐妹身边我才哭，当
　　　　着他们的面我决不流泪，在敌人面前我必须蔑视他们。

阮文追：我听到难友们告诉我，说你在监狱的一段时间里进步很快，
　　　　说你听同志们的话，懂得了很多革命道理，我很高兴。监牢
　　　　里的同志间充满了阶级感情，只有抱有共同理想的人，才能
　　　　有这种友爱，同志们将永远跟你在一起。

【潘氏娟忍住泪水，点头。

阮文追：你在监狱已经看到了，不止是我一个人，而是有成千成百的
　　　　同志们受尽了最残酷的毒刑，但他们对革命仍然忠心耿耿。

你看街上有许多人来来往往，并不是每个人都是只为了一日两餐而奔忙。许多人在干革命工作，他们都有自己的任务。在世界各地都有革命斗争。

【潘氏娟深思着，理解他的每一句话。

阮文追：由于敌人的野蛮屠杀，过去有多少先烈流血牺牲，现在，又有许多人失去了丈夫、儿子、兄弟和姐妹，但他们还在顽强地斗争。你也要这样，要努力参加革命活动，即使被分配去散发一张传单，传送一件好消息，或其他平凡的工作，也都是无上的光荣。

潘氏娟：我很想干这些工作。通过你的入狱和我的被捕，更使我渴望能象牢房里的姐妹那样去参加革命活动。

阮文追：太好了！我非常高兴，你不仅是我的妻子，而且你将成为我的同志（和潘氏娟紧紧握手）。

【士兵涌入。

士　兵：时间到了！

阮文追：尽管我两次越狱都没有成功，可是，只要我心脏还在跳动，我还是时刻准备逃出去，我还要继续进行斗争。但是，我们也要做另外的准备。阶级敌人是疯狂的。越是他们接近死亡，也更加疯狂地作垂死的挣扎。今后，不论我在或不在……

潘氏娟：追哥，你不要……

阮文追：娟，你听我说，你知道我时刻希望能逃出监狱。

【潘氏娟点头。

阮文追：但是，也要做好另一个思想准备是不是？

【潘氏娟点头。

阮文追：一旦发生不幸，你不得不离开我，你一定要努力跟着同志们，和他们一起进行革命活动。你也一定要和他们一样地生活，一心一意地干革命。

【已不见潘氏娟眼中的泪水。

潘氏娟：（庄严地、宣示般地）我一定牢记你的话，永远革命到底。这是同志们和难友们给你的东西（难过地回身拿包，阮文追接过包）。这是同志们和难友们给你的东西。

阮文追：听说你在牢房里学会了不少歌？

潘氏娟：嗯，很多。有"贤良江桥畔"、"希望之歌"、"共产党人的气节"。

阮文追：连共产党员的歌也学会了？好！你是工人，应该学会歌颂共产党员的歌。狱中的老同志也经常对我讲共产主义，在那个社会里工人自己当家作主，没有受苦的人，过着真正幸福的日子。我们的北方，就正在逐渐实现这样的理想。我虽然还没有入党，可是我时时刻刻要求自己像一个共产党员那样生活，像党员一样地战斗。（唱起《国际歌》来）"起来，饥寒交迫的人们！"

二　人：（一起唱）"起来，全世界受苦的人！"

【监牢的窗口。

众　人：（出画唱）"满腔的热血已经沸腾"。

【士兵入画吼叫。

士　兵：不许唱！

【两人继续唱（歌声中混入兵："不许唱！"的阻喝声）

【士兵入画将两人拉开。

潘氏娟：我还能见到你吗？

阮文追：一定能再见，你就这样相信吧！见到同志们时，说我很感谢
　　　　他们对你的照顾和教育。问候你爹、娘和亲友们！

潘氏娟：追哥你要保重，我一定听你的话。

阮文追：娟，我相信你，一定能象大姐姐们一样顽强地生活、顽强地
　　　　欢乐、顽强地战斗！

　　　　【阮文追被士兵拉走。

　　　　【潘氏娟奔向镜头，坚强地凝视阮文追，在那深沉的眼神里
　　　　表示出继承阮文追的遗志，走向革命道路的决心。

　　　　【淡出。

第四场（叠字幕）。

　　　　【乌云（滚桶）转动。

　　　　【叠字幕：1964 年 10 月 15 日。

　　　　【刑场：阮文追被绑，面对众记者、神父。

神　父：可怜的孩子，我为你祈祷，你忏悔吧！请求仁慈的上帝，宽
　　　　恕你罪恶的灵魂，让你升天！

阮文追：有罪的不是我，是美帝国主义。

记者甲：阮先生，我们是记者，你有什么话要发表吗？

阮文追：（环顾四周的众记者）你们是记者，你们能向世界发出正义
　　　　的呼声吗？美帝国主义它妄想霸占全世界，目前正是美帝国
　　　　主义侵略我们的祖国，正是美帝国主义派飞机和军队，轰炸
　　　　和杀害我国人民，正是麦克纳马拉制订了侵略计划，侵占了
　　　　我们南方。我无限热爱我的祖国越南，我决不允许美帝国主
　　　　义践踏我的国土。因此，我坚决反对美帝国主义。我要杀死

麦克纳马拉，为的是除掉这个在越南南方犯下无数罪恶的刽子手。

记者乙：临死前，你不觉得有什么憾事吗？

阮文追：就是没有杀掉麦克纳马拉，我再别无憾事。

伪署长：够了！行刑队准备。

阮文追：美帝国主义和反动派的末日已经到了，胜利一定属于革命的人民！越南……（传来两下枪声）越南必胜，美帝必败！（枪声）

【歌声起："啊！……"

阮文追：打倒美帝国主义！

【歌声："大海啸……"

阮文追：打倒阮庆！

【又是两声枪响。

阮文追：胡志明万岁！

【歌声："高山唱……"

阮文追：越南万岁！

尾声（叠字幕）。

【资料片：狂风吹树，海浪呼啸。

【歌声："你的名字传遍四方，你的名字传遍四方。阮文追、阮文追、英雄的阮文追！（叠阮文追像。叠入资料片：越南解放阵线旗）你高昂着头颅，你挺起那胸膛，你高举着火红的旗帜，（叠入资料片：越南人民战斗前进）你的誓言永远记在心上，永在我们心上。血债要用血来还，复仇怒火满胸膛。血债要用血来还，复仇怒火满胸膛。一人牺牲万人起，

89

烈焰熊熊无阻挡。战斗，向前进！要把刽子手们消灭光。战斗，向前进！要把美国强盗全埋葬！"

【推出字幕："打倒美帝国主义！"

全剧终（叠字幕）。

1965/10/17 第一次演播，1965/11/4 第二次演播。

电视剧《不屈的阮文追》剧照

刑场

探监

审讯

告别

第六篇

电视剧《不屈的阮文追》创作播出小结

1965 年 10 月为配合"抗美援越"斗争，我根据越南阮文追妻子潘氏娟口述《像他那样生活》改编并导演了电视剧《不屈的阮文追》，于 10 月 17 日、11 月 4 日，进行了两次电视直播，因配合政治形势演播效果良好，被演播组评为优秀节目。

该剧有序幕、尾声四场戏，近一个小时，10 月 7 日完成初稿，经修改 11 日完成二稿审定，联系好演出单位，前后虽为一周，实际排戏时间为三个工作日（包括连排审查、跟机彩排）。为何能在时间紧迫的情况下，能按预定计划完成一定质量的电视剧的改编与播出任务呢？自己有以下体会：

自己和全体参加次项工作的同志明确以电视为宣传武器，为当前政治斗争尽一分力的紧迫感。

因为是直播的条件，除了序幕、尾声及中间插播资料片外，为了使场景集中，重点安排四场戏："审讯"、"探监"、"告别"、"刑场"。

与母校上海戏剧学院合作，为解决任务重、时间紧，又要保证质量，请他们带班老师陈明正任导演：负责按剧本定角色、排戏。并落实服装、化妆、小道具的工作；我是负责写剧本分镜头，并据此执行播出的导演：安排电视台美工、灯光、音响在演播室内的设计；根据人物运动、三个机位的分工与调度，安排场景搭建位置；随之决定灯光、话筒的布局。审选资料影片、配乐、音响效果。审定景、光、大道具、音效、字幕、填写技术设备要求单……电视导演和戏剧导演从一开始就进入创作还是首次。我们取长补短，一起解释剧本，对它修改提高；分析戏研究镜头。这不仅提高了艺术质量，还可以在同一时

间内分头进行工作，加快了进度。

在整个播出中由于事先有布置，后有检查，进行了两次连排、一次跟机彩排，各工种（导、摄、音、美、灯、放映、字、联络、技术）配合协调，基本按计划完成本职任务，才能使整个播出流畅、镜头稳。

领导重视：全台进行动员，新闻组提供 16mm 资料片、技术组在跟机排练等各方面全力协作。

上海电视台原址——上海南京东路浙江路口的永安大厦。

1958 年上海电视台开播时，正在播出的广播乐团的女声小组唱。

1960 年 6 月 17 日我国第一所电视大学在上海南京东路 627 号开学。

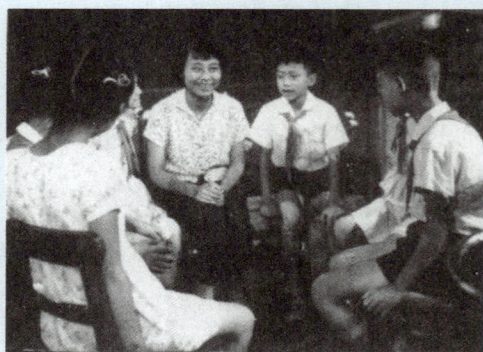

1958 年上海电视台开播后，许诺主持少儿节目（中）。

1964 年许诺主持少儿节目（中）。

上海吴泾化工厂生产尿素成功见报，许诺采访该厂工程师（右）。

1959 年，许诺参演"一件破棉袄"少儿节目（中）。

许诺在人民广场担任实况转播大会摄像（站在高位者）。

1959 年 3 月 8 日许诺在担任摄像（右一）。

1964 年 12 月 31 日"上海广播电视迎新晚会"，第五次转播歌剧《江姐》实况。

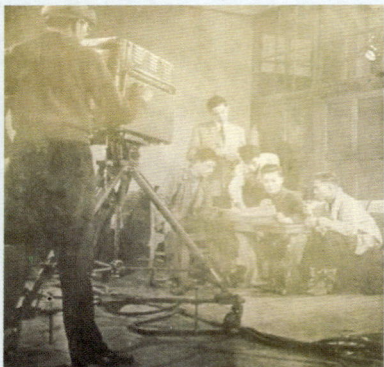

1958 年 10 月 25 日至 11 月 12 日，
上海电视台播出的第一部电视剧
《红色的火焰》。

许诺（左一）与电视台同事在黄浦江船上
外录 1981 年 6 月"建党 60 周年"节目串
联词。

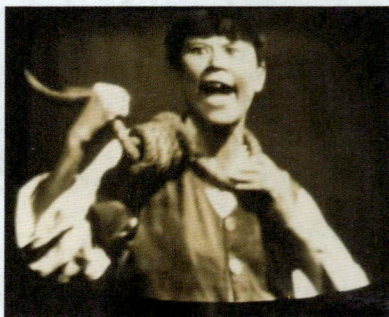

电视诗剧《小冬木》直播时的屏幕
摄影：小冬木与黑人马夫杰克

电视诗剧《小冬木》直播时的屏幕摄影：
在绞架上的小冬木。

电视诗《海誓》播出用投影海水，演员尤嘉

94

第七篇

50 年前采访《红旗颂》作者吕其明

1965 年我任上海电视台导演时，有幸在第六届《上海之春》音乐会，执行实况转播管弦乐序曲《红旗颂》的首播工作。

当年 5 月 7 日下午，随转播车赴现场安装技术设备之际，在陕西南路的文化广场观众席（没有围栏的一排排横条木制靠背椅上），我和当晚值班的三位摄像为了加深对作品的理解，采访了该曲作者吕其明同志，聆听他的创作感想和作品分析，下面是我的采访纪要。

吕其明：

在学习毛主席《在延安文艺座谈会上的讲话》后，明确要用文艺武器为人民服务、为社会主义服务，这是一个革命音乐工作者义不容辞的光荣责任。

我参加革命时还是个孩子，是党的培养，是党给了我音乐的武器，我要用它来歌颂党、歌颂祖国、歌颂中国革命的伟大胜利！

在这个作品的创作中我很激动，作为革命烈士的后代，当想到 1949 年 10 月 1 日，毛主席在天安门上向全世界庄严宣告："中国人民站立起来了！"的时候，给了我创作的激情和力量。经过一个星期的日夜拼搏，激动的泪水伴我写出了《红旗颂》。

如何使作品具有时代特征很重要，它应给人以精神鼓舞，因此《红旗颂》的创作，既要有强烈的民族风格，又要具有鲜明的时代气息。十五年来，由于党中央、毛主席的英明领导，祖国面貌已发生一日千里的巨变，例如："开国大典"、"鞍钢无缝钢管厂的建成"、"治淮工地捷报频传"……社会主义革命和建设所取得的成就使自己激动无比。

同时，没有党的培养就没有我今天的一切。我自己的成长，与祖

国的命运紧密地联系在一起。我10岁参加革命，在抗日战争和解放战争中，在部队文工团九年的战斗生活和艺术实践，使我受到极大的艰苦的磨练和艺术熏陶，影响极其深远。我的父亲是革命烈士，继承父辈的遗志是我创作的巨大动力。

我在《红旗颂》的写作中，寻求自己的创作思维、美学追求、艺术风格，以及澎湃的激情、流畅的乐思，和作品题材内容、体裁形式的高度综合统一，使《红旗颂》成为一部雅俗共赏的艺术品，奉献给时代与人民。

《红旗颂》在曲式上，采用单主题贯串发展的三部结构。

乐曲开始是以国歌为素材的辉煌而宽广的"引子"，描写1949年10月1日庄严雄伟的天安门前，第一面五星红旗冉冉升起那激动人心的情景。"引子"之后是优美舒展的红旗音乐主题，尽情表达着对胜利的喜悦和对红旗的赞美之情。

连接部双簧管奏出如歌的抒情优美的旋律，乐曲中部连续三连音的音型，赋予节奏以激越的动力，迎来一个激动人心的高潮。此时，宽广的歌颂主题一变而为铿锵有力的进行曲，描写自强不息、阔步前进的巨人步伐，以及奋勇前进、豪迈的气概。进入再现部后，宽广的颂歌主题再次表达了亿万人民在胜利的历史时刻内心的巨大喜悦与自豪。

尾声号角雄伟嘹亮、气势磅礴，乐曲发展到最高潮，象征着伟大祖国的明天更加灿烂辉煌！

（注：本稿已经吕其明同志审阅）

许诺摘编于《导演手记》2015.9.9

第三章　灵魂荡涤

这个章节比较短，简述一下自 1966 年起，一直到 1980 年我重返电视导演的岗位为止的简单经历。或许应着了历史上大家都同意的一个哲学命题，叫做"人类对于各种事物的认识和把控，都是呈螺旋式前进的"。

对于"文革"，1981 年 6 月中共十一届六中全会通过的《关于建国以来党的若史问题的决议》指出："1966 年 5 月至 1976 年 10 月，是一场由领导者错误发动，被反革命集团利用，给党、国家和各族人民带来严重灾难的内乱，留下了极其惨痛的教训。"

无人能飞跃这个时段，必须接受这自上而下、狂风暴雨的心灵荡涤。

1966 月 8 月 4 日，上海人民广播电台召开全台动员大会，开展"文化大革命"。

同年 11 月 4 日，电台的第一个造反组织成立。11 月 7 日，在北京东路 2 号的电台五楼，发生了揪斗干部、群众的事件；同样在南京东路的"七重天"（电视台），"串联"回台的几个青年也将科长以上干部二十余人全体罚跪批斗。

可是，我是党员，怎能在关键时刻不表态呢？11 月 8 日，电视台党支部开会讨论我们党员该怎么办？11 月 9 日，我以"红色宣传员"的名义让靠边的同志转抄了"北航红旗"的《"形左实右"的十大表现》张贴在食堂的墙上。第二天，我去食堂去吃早饭，看到了反应，有人在我的大字报上写下了："狗胆包天，有种站出来！"

我马上在旁边写下文字做出回应："欢迎辩论！中午 12：30 在七

重天见。"

当天，因大家还要上班，辩论到 2：15，宣布结束，明天继续。开创了电视台第一次的大辩论，敢于向不同的意见开展辩论是发动群众引导群众的好方法。第二天，北京路电台的同志闻讯不少人赶来旁听，我的理论根据是毛泽东语录，和"学习十六条、执行十六条、宣传十六条、捍卫十六条！"这些内容就是我们当时播出电视节目时播放出去的口号。

从 1967 年 1 月 18 日起，上海电视台实行军管。1968 年 4 月，电视台建立了"革命委员会"。1968 年 9 月，上海工人毛泽东思想宣传队进驻上海电视台。接着，电视台的全部工作人员分为大、小两个班子。"大班子"集中搞所谓"斗批改"，后来借"四个面向"的名义将一批技术业务骨干调出电视台；"小班子"留在台内工作，一共 38 人，组织机构设政治新闻、技术、行政 3 个组。

从 1968 年 10 月起，我进了"电台大班子"，然后，去上海海关学校"斗私批修"；继而，又到远郊奉贤县的新闻出版界"五七干校"去战天斗地，即参加劳动和"斗批改"，改造思想。

直到 1974 年，干校结束，学员都安排了工作。我被安排在虹桥路"老弱病残学习班"，半天学习，半天劳动，具体干的是打煤渣砖，供电台烧饭当燃料用。由于是重体力活，我的肝功能刚好些，现在指标又增高不正常了。我向担任人事工作的老干部反映，我肝功能指标不正常，要求调别的单位去工作。于是，我被调去科影幻灯组任编辑。到了那儿，再没有人歧视我，也不必从事重体力的活，我的心情比较舒畅。

1976 年 10 月 6 日，"四人帮"终于被粉碎，我异常兴奋，立即编

制了两套配合形势的幻灯片《伟大的历史性胜利》和《鲁迅批狄克》，加入了肃清四人帮流毒的斗争中去。

党的三中全会后，科影厂党委派我参加到落实中央（78）55号文件复查改"右"小组材料员，写"右派"改正报告3人、牵连人员改正报告9人、外出落实安置1人、写复查组工作小结一份。我的这个小组，在工作中细致查阅、尊重事实、立场鲜明、坚持原则，行文阐述清晰、结论鲜明，认真负责不拖拉。所以，到了1979年1月，我参加的这个组，因全部完成任务，被评为全局落实党的政策的"行动迅速单位"。

第四章　再创辉煌

1976 年 10 月，"文革"终于结束，好消息不断传来。然而，命我回上海广电局报到的通知却发生在三年之后的 1979 年！

重回上海电视台的许多记忆是铭心刻骨的。

1977 月 1 月 30 日那天，在上海科影厂我因半日病假，去上海电视台看望老同事，他们希望我回去发挥老同志作用，帮助把台里的播出搞好。出门时正好遇见上海广电局老局长邹凡扬同志。他就是那个上海解放前夕，冒着生命危险，突入虎穴——国民党上海电台，代表解放军宣布正式接管该台的地下党干部！那天天还没亮，为了防止碰上国民党残部，邹凡扬带上了一支左轮手枪和 40 发子弹。在车上他奋笔疾书，写下了一段彪炳史册的 23 字新闻稿："今天凌晨，中国人民解放军攻入上海市区，大上海解放了！"新闻稿当场由上海地下党领导顾渊审定。面对邹凡扬一行播发上海解放的指令，国民党电台原主管杨伯枢当然没有二话，交给播音员施燕声，施燕声接过 23 字新闻稿和《中国人民解放军布告》，立刻兴奋地播了起来。1949 年 5 月 25 日清晨 6 时 05 分，"大上海解放了"的声音回响在上海天空。

就是这样一位虎胆英雄的老局长邹凡扬关切地问我："你怎么还没回电视台来啊？"

我回答："需要在'瓜熟蒂落'时再看，因为我是不受欢迎的人。"

邹凡扬同志说："这是你自己的认为吧？你是开台元勋！有什么可以多考虑的？回来！"

还是当年的正气凛然和大将风度！他的提醒使我震撼，也使我热泪盈眶！

后来我一直说，是老局长的一句话，促使我回到电视台来的。

我想，如果没有这场"文革"，我不会失去最宝贵、精力最充沛的青春年华。重新回台时，我已经47虚岁，这种年龄，俗称："奔五"，说得好听点叫做"壮年"。但是谢天谢地，我还算幸运，毕竟电视导演是我的至爱！毕竟，我还有十多年的时间，去实现我的艺术梦想！

像凤凰涅槃一样，"文革"的这段经历，除了帮我拓宽社会、政治、和人文的眼界外，也使我更加珍惜时间和艺术生命。从那时起，我多次发誓，要把失去的宝贵时间夺回来！在我退休之前的十多年，一定要在电视领域中，为民众提供更多更好的精神食粮，若有机会，创造辉煌……

十年浩劫过去，雾霾消退，天清日白。电视事业也在疗伤中稳步前进。

一九七五年七月一日，上海电视台迁入南京西路新址，图为新址外貌。

101

第一节　背景介绍

在上海科影厂工作的我，接到通知，要求我在 1980 年的 2 月 1 日，到上海广播电视局报到。于是，2 月 1 日那天，我先去北京东路 2 号上海广电局办理手续，然后到南京西路上海电视台组织科报到。台领导奚里德同志先确定我在导摄组工作，随后也可以到文艺组看看。

我离台已经五年五个月零四天了！抚今思昔，令我感慨万千！

刚刚回台工作的半个月内，我主要的精力，放在了解各个导演的工作的情况、向技术人员了解现在电视节目的制作程序，然后开始逐渐录制节目。

2 月 4 日是星期一，上班后，把我的办公座位安排好，便去观看小李导演排练节目，向技术人员了解演播、排练等情况。看到了现在已是彩色录播，和以前的技术设备、录制节目的工序大不一样了，这给了我较大的心灵感触。

周二，在台里，同事小赵（赵慧娟）给我看《笑迎春》稿子。

周三上午九点，我到台里录制上海曲艺剧团节目解说，直到下午四时才结束。时间虽紧，但还顺利。对于离台多年的我来说，能参加台里的一些播出工作，内心甚感安慰。

周四，我去观看郭信玲导演录制少儿猜谜节目。

周五，又去看她的节目排练。

周六，看张韵华导演分镜头工作……

一直到 2 月 16 日春节放假，半个月来，我始终在忙于熟悉现在的电视导演岗位和相关的工作，并逐渐参与一些节目的录制。我作为荧屏拓荒者的事业自信心，和抓紧余生在电视导演岗位上再创辉煌的雄心再次被点燃……

从 3 月 12 开始，我相继转播、实录了一些名家主演的著名戏剧节目。如：越剧《状元打更》、京剧《宏碧缘》、昆剧《红娘子》、舞剧《丝路花雨》、《孔雀恋歌》、芭蕾舞剧《玫瑰》、话剧《文成公主》《天涯断肠人》、歌剧《樱海情丝》《金孔雀》、沪剧《半把剪刀》、滑稽戏《男大十八变》、《建国 31 周年文艺晚会》《上海之春》闭幕式、总政歌舞团来沪演出、《大地颂歌》《新世界交响乐》、专题《迎春花—献给刘少奇的诗》《芝兰常青桃李芬芳—高芝兰和她的学生》《文化生活》、魏喜奎、才旦卓玛访母校等 43 台节目。

用"忘我"和"只争朝夕"来形容这段时间自己的工作状态，我觉得并不过分。想法其实很简单，作为曾经的荧屏拓荒者，我一定要把失去的时间夺回来！

回台第二年，即 1981 年 1 月，我执导了随想交响诗《晨钟》；3 月 21 日，我录制了当时爆红的话剧——上海工人文化宫艺术团创作演出的话剧《血总是热的》；4 月又执导拍摄了电视剧《你是共产党员吗？》，播出后在社会上引起强烈的反响；6 月 7 日，我转录朝鲜人民军歌舞团访沪公演；其后拍摄了电视小品《美的享受》；7 月 1 日，我执导播出了《伟大的祖国，亲爱的党——记念建党 60 周年晚会》；其后录制了《大地的颂歌—献给科学家李四光》；《戏剧之家》栏目的《姑苏之花——访江苏省苏剧团》；录制了苏剧《钗头凤》；8 月 17 日，录制了美国圣地亚哥青年交响乐团来沪公演。为了确保此次录像第二天 7：50—10：15 卫星传送成功，我和音乐编辑苏嘉一起通宵制作完成该节目。12 月 25 日，我执导拍摄了电视剧《路遇》……

回台的第三年，就是 1982 年，2 月 24 日至 28 日，在先期录音后，我在本台的大演播厅里，录制昆剧名剧《钗头凤》；3 月 6 日，录了一台上海工人业余曲艺节目；9 月 11 日，实录中央乐团音乐会的来沪公演；又执导拍摄了《文化生活》栏目的专题节目——《梅苑芬芳绽新

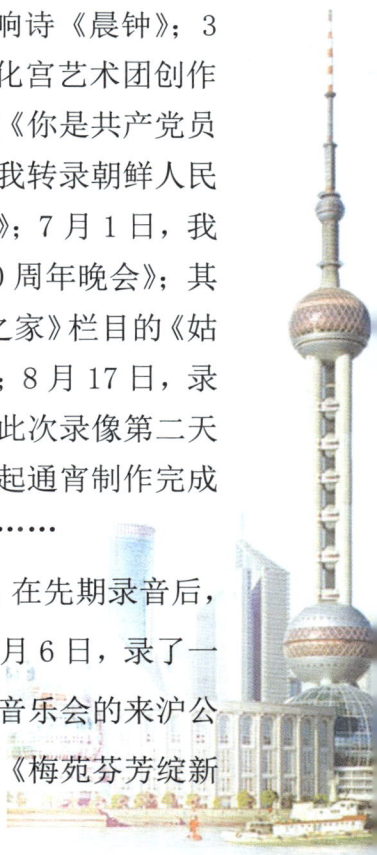

蕾——记梅派演员李炳淑、夏慧华》；9 月 14 日，我录制了《庆祝"十二大"电视歌会——放开青春的歌喉》；第二天录制了张正宜独唱音乐会；9 月 30 日，在市府礼堂实况转播了《国庆晚会》；10 月 11 日，录制了中央歌剧院的《茶花女》；10 月 23 日，录制了京剧《碧波仙子》；11 月 9 日录制《刀美兰独舞专场》；11 月 14 日录制京剧《群英会》；11 月 15 日录李世济《六月雪》；到了 12 月，我去执导拍摄电视剧《古运河畔》……

就在这一年的 11 月 29 日，我被上海市广播电视局任命为文艺科的副科长。我感受到了组织上对于自己的高度信任和器重，我发誓将以自己百倍的努力和千倍的勤奋，来回报组织的关怀，实现这些年来，自己的艺术感悟、艺术创新和追求。于是，我的工作更加忙碌了。

1983 年 2 月我执导（与舞台导演杨文龙合作）拍摄了沪剧电视连续剧《璇子》（五集），播出后，好评如潮，很快传播风靡至全球华人圈。同年 3 月，我执导的电视歌会《群星璀璨》（五集）、5 月的电视歌会《英蕾缤纷》（6 集）也在国内掀起巨大的反响……同年，我还执导录制了话剧《少帅传奇》《大年三十》《月色溶溶》《深深的爱》《下里巴人》《女市长》；京剧《霍小玉》、昆剧《白蛇后传》、藏戏、豫剧《花打朝》、舞剧《珍珠湖》、越剧《西凉辽宫月》《沙漠王子》、沪剧《借黄糠》；越剧《打金枝》《沉香扇》《杨八姐》《前见姑》；哑剧、魔术、朝鲜歌舞、澳大利亚第五交响乐、江南造船厂话剧《船魂曲》、纪念田汉专场……另外还编了两套节目集锦：《繁花似锦—祖国艺坛展新颜》和《异域艺术欣赏—国外艺术》；还执导录制了许多台电视歌会。

到了同年的 8 月 14 日至 12 月 14 日，领导把我调到局里，参与

上海广电局举行的招聘编辑、记着、导演和主持人的这项活动。局领导让我主考电视导演。

参加考试的大专、本科毕业生大约五千人。通过三轮考试，最后，电视台和电台各录取了二十多名品学兼优的年轻才俊。我的这本书《序》的作者张文龙先生，就是这次招聘考试中被我们录取的考生之一，后来也成了台里的首席导演，业务骨干。

次年，即1984年，1月我在梅龙镇酒家，通宵录制了《乡音情浓漫申江——沪剧迎春联欢会》。

1984年2月2日，我被任命为上海电视台文艺专题科科长。就在同月，我荣获了上海广播电视局1983年度"五讲四美三热爱积极分子"的称号。

沪剧电视连续剧《璇子》获"金鹰奖"后茅善玉和许诺导演的合影

马不停蹄，干劲依旧。同年2月15日至23日，我执导了上海电视台广播电视艺术团的电视艺术片《黄浦江的浪花》；4月15日，录制专题片《桃花诵——清明忆先烈》；8月至12月，我导演拍摄了南京前线歌剧团演出的电视音乐剧《芳草心》（上、下集），同样在国内受到广泛好评，其主题歌传遍九州大地。其间，我又受邀在音乐艺术片《我们相会在海边》中任艺术指导。

业内外熟悉我许诺的领导、友人说我永远是那个"第一个吃螃蟹

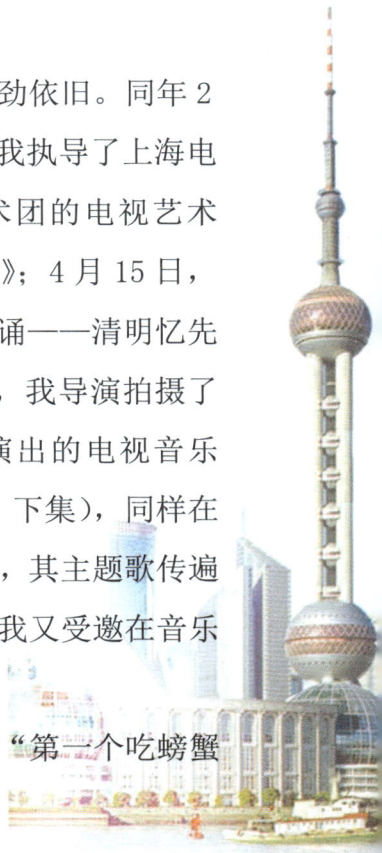

的人"。谢谢他们对我的鼓励!

随着 1981 年和 1983 年,上海广播电视局的两次专业人才的成功招聘,兵强马壮后,上海电视台开始在节目的设置上,开始了一系列的大动作。从 1984 年起,上海电视台新闻部推出了《国际瞭望》,文艺部首先推出了两档拳头产品——《大世界》和《大舞台》节目。体育部推出了《体育大看台》。这些栏目,都以独特的视角,全新的创意和节目模式、充满青春激情的演绎和脍炙人口的内容,广受好评,当时在国内刮起了一阵"上海电视旋风"。

我在其中也竭尽全力。同年的 6 月 24 日 25 日,我执导录制《大世界》栏目的第 9 期《我的中国心—张明敏电视演唱专辑》,采用了棚内实录、资料"抠象"、外景拍摄三种方式,处理三种不同风格的歌曲。其实,这是中国 MTV 的最早的成功探索。充满青春朝气和正能量、美轮美奂的校园歌曲播出后,好评如潮,众口传唱,反响巨大,雪片般的观众来信,要求经常重播。8 月 10 日,我执导录制了《大世界》的第 13 期——《上海青年歌手大奖赛》,然后将决赛实况交给刘文国独立执导。

当然,我执导的电视文艺作品在国内,乃至全球华人圈里影响最大的,当数沪剧电视连续剧《璇子》。

第二节　关于璇子的几篇文章

第一篇：

深化主题、突破舞台

——《璇子》导演点滴

作者：许诺

沪剧电视连续剧《璇子》，荣获今年第二届《大众电视》"金鹰奖"的优秀戏曲片奖。这里，就导演角度谈一点体会。

关于剧本改编

《一个明星的遭遇》曾 180 场爆满并"戏剧节"获奖。这对于改编电视剧来说，既是有利条件，但也带来了压力。因为观众的要求更高了。如果改编的连续剧在艺术上（包括思想上）没有一个较大的突破，他们是会失望的。这能成功吗？

"电视特点，沪剧特色，内行通过，观众称赞。"这是领导上对这次改编、拍摄电视剧的总要求。根据这个要求，我们提了一个：保留精华，冲出舞台，深化主题，走上屏幕的具体行动准则。

首先，在场景的安排上冲破原来舞台场次的局限，从生活实际出发，根据不同事件中的人物关系展示场景。如"逼女为娼"这场戏现发生在周家，比原来在"摄影棚"合适；胡小红由根据地出来与璇子会面是在公园，也比原来在谢公馆适宜。

对于深化主题，使戏剧冲突向纵深发展，我们加了这样三场戏：一、第一集金龙大戏院门口一直到向明被捕，这都是处在因日寇侵华而形成两种对立的政治力量，两个对垒的文化阵线的时代背景之下，这样，使全剧的开展有了一个较好的起点；二、第三集加了新四军住地一场戏。原来因舞台所限，只能用唱词叙述，而现在以"实景"展

现了胡小红参加革命后，从一个卖花女成长为新四军的文艺战士而活跃于苏北农村舞台上，这与璇子成了"笼中金丝鸟"的苦闷生活形成了强烈对比；三、第五集加了老板逼璇子"走林月莺老路"，使她深受刺激而唱了一段长达七分钟"我和你一样是女性"的咏叹调（拍摄时用一个长镜头"跟踪"），并通过《疯狂世界》的变奏音乐把剧情推向高潮——她精神失常而至自杀。吴小红救出璇子护送她返沪（上海解放），璇子参加拍摄《和平鸽》，由她唱此片主题歌"和平的歌声多么嘹亮"，伴随着歌唱编了一组回忆她一生的快速闪回蒙太奇，由此深刻地点明了一个主题：有了共产党，才使她重新焕发艺术青春。

关于场景处理

用今天 80 年代上海的"实景"，来反映昔日的旧上海，这显然是不可能的。为此，我们对当时历史条件下的"典型环境""典型特征"作了一些化妆。如气氛与环境渲染：金龙大戏院门前的乙烷灯，巨幅"老刀牌"香烟广告，人力车，卖花女，日本浪人横行与会乐里花枝招展妓女……典型特征：黄浦江畔海关钟、国际饭店高楼及谢小开旅馆包房，与高楼下的周家小巷对比（喻其贫富悬殊）。对于璇子与汪杰的结婚新居，我们特意选用了当年周璇的住所，使演员有亲临其境的真实感。另外，我们还选用了以常熟虞山方塔为背景，河边鲜艳的野菊花迎风摇曳，以展现出生在这里的主人公（璇子）的质朴、自由、娇嫩的个性，后来被谢小开的汽车轮碾碎，喻其被摧残的不幸命运等。

关于音乐运用

这是个沪剧戏曲片。璇子又是个以歌唱成名的电影明星。因此，拍这个连续剧不能没有歌，也不能少了歌。否则你拍的就不是周璇。基于此，这个戏里除了保持原有的沪剧唱腔外，还要穿插不少她唱的

歌。同时，还需要有代表璇子音乐形象的主旋律。

代表璇子音乐形象的主旋律，我们找到了以《天涯歌女》为主，和有水乡风味的沪剧曲调的两者结合，它们都是南方小调的民歌体，风格协调，作为电视连续剧每集片头尾的串连音乐。对璇子所唱的歌曲在剧中的运用，我们是从人物发展、反映不同时代、不同情绪和戏剧冲突的需要来安排的。如从她哼申曲到学唱《新的女性》，从演唱《民族之光》到《天涯歌女》，反映了她在向大哥引导下走向进步。对于《疯狂世界》这首歌则是作了两种强烈的对比处理：一是出自将在事业上和生活上取代她的玛丽歌唱；一是精神分裂、意识混乱后璇子耳畔的主观音响——歌曲旋律与爵士乐的混合物。表现了她的不幸遭际和曾扮演过的"渔家女"具有相同命运……。结尾《和平鸽》主题歌的运用，则反映了璇子的一生从"天涯呀海角"……历经了多少磨难而终于到了中国解放以"和平的歌声唱得嘹亮"而展翅高飞的美好终结。

关于表演

电视剧不同于舞台。对于演员的表演力求真实、自然、生活化。在开拍的前一个阶段我们大部分精力用于克服演员表演上的"舞台腔"、启发演员准确地找到自我感觉。如周父卖女时璇子痛苦的那个唱段，沪剧院杨导演根据它的具体情境启示了小茅（茅善玉）怎样在感情"爆发"；又如璇子发疯，主要是以翻失神的眼睛来表达……通过了十几次试拍，才找到了那准确的"瞬间"。有时还需要创造条件让演员培养、积聚感情。如向大哥被捕这场戏，拍摄准备早已就绪，但就是"静等"小茅感情的"升华"、进入角色后再开机。此外，还要为戏曲唱段中演员等过门的"空白"填补动作等等。

第二篇：

一刻也离不开党和人民

—— 录制《璇子》苏北外景散记

许诺

摄制组的汽车经江阴要塞渡江后，便进入苏北平原。阵阵夏风带着大地的芳香拂面而来，一股暖流涌到心上……阔别四十年的苏北人民，熟悉的苇丛、港汊和青纱帐，我们又见面了！当年，就在你们的掩护下，才躲过了敌机的轰炸和扫荡，今天却要在你们的协助下录制电视剧……凭窗望去，披着树荫的柏油公路两旁，虽然苇丛青纱依旧，可绿野瓦房、灌渠纵横，哪里能寻得当年苏北的景象呢？

《璇子》在苏北拍摄时的工作照（许诺摄）

先遣队同志确是煞费苦心，在当地县委的帮助下，终于在远离兴化县城的荡泊中，找到了一个四面环水、大部分是茅舍的小村庄。县委领导组织社队干部群众，在村子里搭起了用门板铺就的舞台、和用苇帘围起的后台；还从邻村借来了老式风车架在村头！剧中安排的新四军驻地和文工团演出《白毛女》的一组镜头将在这里录制。开拍那天，近村远邻的老老少少、流动小贩蜂拥而至，就像过节赶会般热闹……

看过原舞台演出的观众一定会奇怪，剧中主人公生活在十里洋场的上海、灯红酒绿的香港，怎么会有新四军驻地的场景呢？

这是根据原著的立意，发挥电视之长，加以增编的。

剧作者基于有关的生活素材，塑造了三个女性的艺术形象，通过她们的不同境遇、发展和结局，阐述了该剧的主题。

璇子是个很有才华的演员，她曾为民众创造过宝贵的艺术财富，也曾被剥削者当过摇钱树。在吃人的旧社会，她的身心受到摧残，精神失常，只能走上自杀的道路。幸亏党的关怀和帮助，才得到了解脱和新生；同是演员的林月莺，却一味追求名利和享受，经不起利诱和腐蚀，最终成了剥削阶级的工具和牺牲品。而另一个像璇子一样苦出身的姑娘胡小红，参加了革命，在党的培养下，由一个街头卖花女锻炼成长为革命的文化战士。

我在导演此剧时，考虑到全剧虽以璇子为主线，而胡小红和林月莺却是正反两个方面重要的对比与陪衬。电视可以不受舞台的局限，充分运用视觉形象来渲染和加强正面揭示主题的主线，即胡小红走上革命道路的副线衬主线。从胡小红在苏北农村参加《白毛女》的演出，可以看到一个热爱艺术的卖花女，在为人民演唱中，获得了自由、光明的生活道路。她身穿军

1983年2月《上海电视》杂志对许诺执导的沪剧电视连续剧《璇子》的图片报道。

装，英姿勃勃，和关在笼里的金丝鸟似的璇子，形成强烈的对比。而她受向明大哥委托，到上海探望璇子，希望璇子参加革命队伍，为人民施展其才华，则更直接表达了党和人民的殷切期望。

我们的摄制组在录制过程中，深切体会到离不开当地的组织和群众。有他们的关怀和支持，任何困难都能克服，反之则寸步难行。作为一名新中国的电视工作者，唯有在党的正确路线指引下，和人民群众相结合，不断提高思想和艺术水平，才能制作出更多更好的、受人民欢迎的作品。

（登载于 1982 年 9 月号《上海电视》）

第三篇

勇于探求，以情动人

——访电视连续剧《璇子》的导演许诺
作者：雨佳

沪剧电视连续剧《璇子》，以近十万张选票的优势压倒群芳，名列戏曲片榜首，荣获第二届"金鹰奖"，日前在香港举行的周璇艺术生涯纪念活动中献映，观众反映也十分强烈。乘《璇子》的导演许诺来镇执导电视剧《归来》的机会，我们采访了她。

"不走别人踩平的路"

话题自然从《璇子》开始。许诺对我们说："没有想到，这部沪剧电视片影响远及北疆、南国以至海外。这主要是因为周璇在人们心目中留下了深刻的印象。"当我们请她谈谈执导过程时，许导演告诉我们：把《一个明星的遭遇》搬上荧屏是有争议的，特别是上海沪剧院演出获奖后，对我压力更大。领导要求拍成电视剧，让"外行看得懂，内行通得过"，为全国电视观众能接受和承认，这不是一桩容易事。说到这里，她动情地说："不过，向艺术高峰登攀，我不想走别人踩平的路，只要有心扶植地方剧种，充分利用电视艺术有利条件，真实反映典型环境，刻画有血有肉的人物形象，就一定能突破剧种局限，让《璇子》跨出上海，飞向全国。"

愿望是成功的先导，《璇子》揭开了沪剧发展史上崭新的一页。然而，许诺为此付出了多大的代价啊！多少个日日夜夜，她在北京、上海图书馆、资料室翻阅背景材料，多处奔波，四方邀请周璇生前好友参加座谈会，请周璇前夫严华同志回忆"金嗓子"的辛酸遭遇、音容笑貌，为了还原"十里洋场"的风貌，她不知在多少条里弄里留下

了足迹。是啊！从舞台到荧屏，本身就是一个艰苦的再创作过程。

"艺术的生命在于真实"

听说许诺前不久在上海导演我国第一部电视音乐剧《芳草心》时，大胆地安排了"接吻"的镜头，我们要她谈谈如何突破这个我国电影"禁区"的，她朗朗笑说，问题不在于能不能拍，关键在于剧情、刻画人物是否需要？拍了以后是否使人有"真实感"？《芳草心》刻画了道德品质迥然不同的一对孪生姐妹，让姐姐做出这样的动作后，更能体现她的虚情假意，以同举止端庄的妹妹形成鲜明的对照。而且，《芳草心》安排这个镜头，具备特定的演员条件，男主角是女演员房新华的丈夫，他们表演比较自然、真实，没有虚假之感。播出后，观众能够接受，起到了烘托主题的作用。许诺强调说："'艺术的生命在于真实'。一旦脱离剧情、人物性格，乱用类似镜头，结果只会是'画蛇添足'，损害人物形象。"

"心里要有亿万观众"

因为许诺要去看《归来》的主要演员试妆，我们急切地问起了即将在我市开拍的这部电视剧。她不加思索地说："剧本的基础不错，充满戏剧冲突，提供了不同一般的结尾。出于再创作的需要，我也作了些改动。比如，为避免说教，开头起用主人公一连串的动作，以达到意由实出，形神结合，衬托时间、地点背景的艺术效果。"当我们请许导演谈谈这部电视剧的拍摄前景时，她说："镇江的同志给我们很大的鼓励和支持，镇江的山水提供了理想的外景。《归来》要有自己的个性，戏眼应该放在'情'字上，做到情景交融，以情动人。我们在拍摄每个镜头时，心里都要想到亿万电视观众。至于成败与否，还是等播出后，让观众来评价吧。"

（登载于 1985.3.24《镇江日报》）

第三节　关于电视音乐剧《芳草心》

1984 年 12 月，我还拍摄了上海第一部电视音乐剧《芳草心》，在当时的技术条件下，我尝试发挥电视所长，运用抠象与替身的组接，表现一个演员演双胞胎姐妹，同时出现在同一画面中，结果，艺术上大获成功，观众交口称赞。

《芳草心》讲述的是某化工厂的工程师于刚，在一次试验中眼睛受了重伤。他的未婚妻媛媛得知他的眼睛复明希望不大，丢下了他送的订婚项链。母亲劝说媛媛，爱情不能经不住一点风雨。但媛媛经过痛苦的思考，仍然打算马上去外地出差。妹妹芳芳追至车站，阻止姐姐这样做，媛媛还是走了。芳芳心地纯洁，又很正直。她到医院看望于刚，得知于刚此时不能受任何刺激，毅然决定冒充媛媛来看护于刚。芳芳早晨陪于刚去海边散步，夜里给于刚讲故事、唱歌，给他以精神鼓舞。于刚经过精心的治疗，眼睛有了复明的希望。芳芳在和于刚朝夕相处中，对他有了感情。于刚的眼睛终于复明了，媛媛知道后悔恨莫及，母亲劝她去跟于刚谈谈，承认过错。芳芳掩藏了自己对于刚的感情，也劝姐姐去看望于刚，可媛媛却没有这种勇气。媛媛找姑妈出主意，姑妈叫她隐瞒那一段过错，马上和于刚结婚。在结婚宴席上，眼科医生来拜访，媛媛极力掩饰自己的真实面貌，但张医生还是识破了她。张医生告辞时，媛媛强拉住于刚，不让他去送张医生，生怕真相败露。于刚终于明白了真相，他不承认这虚伪的婚姻，离开媛媛走了。正直善良的芳芳得到了真挚的爱情。

《芳草心》的主题歌《小草》从此传遍中华大地。"没有花香，没有树高，/我是一棵无人知道的小草。/从不寂寞，从不烦恼，/你看我的伙伴遍及天涯海角。/春风啊，春风，你把我吹绿，/阳光啊，阳

光，你把我照耀，/河流啊，山川，你哺育了我，/大地啊，母亲，把我紧紧拥抱。/春风啊，春风，你把我吹绿，/阳光啊，阳光，你把我照耀，/河流啊，山川，你哺育了我，/大地啊，母亲，把我紧紧拥抱。"

《芳草心》播出后，主题歌《小草》，成为新时期中国原创歌剧、音乐剧中流传最广、影响最大的一首歌，战斗英雄史光柱、残疾青年张海迪、数学家陈景润都把自己比作小草，连大指挥家李德仁在病重住院期间也一直吟唱着《小草》。北方某部的一位团长，在带着参谋巡视部队时被风沙围困，没吃没喝的团长坚持不住了，临终前参谋问团长需要为他做什么事，这位团长说你再给我唱一遍《小草》吧，听着参谋唱着《小草》，团长离开了人世。《芳草心》获得了大奖，全国60多家艺术团体争相上演，光荣登上了天安门，庆祝建国35周年的国庆彩车。这部剧，成了中国音乐剧的开山之作。应该承认，本人执导的这部电视音乐剧，在传播《芳草心》中，起到了相当大的作用。只要搜索一下互联网，就可以看到《芳草心》一直放在中国原创音乐剧的首位。

许诺（左一）给音乐剧《芳草心》演员说戏

第四节　　关于越剧电视连续剧《梁山伯与祝英台》

1985年7月，我开始执导越剧电视连续剧《梁山伯与祝英台》，在拍摄时，开创了老演员和青年演员两组同时拍摄的先例。因是外地实景拍摄，免去了美工、摄像、灯光、录音等工种的重复劳动，缩短了拍摄周期，同时青年演员又得到了临场观摩、学习实践的机会。而老演员也可以放慢节奏、保存体力，有时间来仔细研究自己的角色任务。这些努力没有白费，该剧荣获第二届全国戏曲电视剧"优秀多本戏曲电视剧奖"。下面是相关的文章。

第一篇：

电视越剧连续剧《梁山伯与祝英台》（五集）
导演阐述与小结

拍摄《梁祝》戏曲电视连续剧的目的？

"梁祝"是一个比我国其他古典名著流传更广的民间传说。反映这一题材的作品有越剧传统剧《梁山伯与祝英台》和《梁祝哀史》；川剧、评剧《柳荫记》；京剧《英台抗婚》；还有河北梆子、吕戏、锡剧、山东琴书、评弹、小提琴协奏曲等戏、曲种类的"梁山伯与祝英台"。1953年由袁雪芬、范瑞娟、张桂凤主演的《梁山伯与祝英台》，是我国拍摄的第一部国产彩色戏曲片，在国内外获得较高的声誉。

由于电影将三小时的舞台剧压缩成一部一小时五十分钟篇幅的电影；在首次拍摄国产彩色片的条件下，大多时间在研究技术问题；演员不适应拍摄环境等原因，使之不能满足观众和演员的要求。

拍摄这部电视连续剧，希望在保留原剧精华的基础上，对剧本、

表演、唱腔上利用电视优势进行丰富、发展、再创造，使这个古老的传统剧目焕发出新的光彩。

总体构思：

（一）"梁祝"是由民间传说发展而成的抒情爱情悲剧。每集始、尾用四句画外伴唱，体现民间传说的叙事性。片头用国画：花丛中一对彩蝶化为飞舞的梁山伯与祝英台，和剧终的"化蝶"首尾呼应，体现该剧反映人民理想，冲破封建婚姻束缚的浪漫主义色彩。

（二）根据剧种特点，追求民族写意风格。诗情画意、情景交融、抒情优美。合理运用来源于生活经过艺术提炼的"程式"，并把这些"程式"还原于生活来体现。用唱词叙述的画面要作铺垫，用"意境"来体现，不是简单化地看图识字似地表现。

（三）该剧采用章回折子戏结构。单集可独立成篇，如："十八相送"、"楼台会"。可分可合，灵活播放，符合我国民族欣赏习惯。全剧分五集，着力加强人物发展的合理性。

第一集"乔装求学"：从羡慕别人上学到草桥结拜止。突出英台要做花木兰式的有志女子的求学动机。由乔装打扮成算命先生，进而取得父亲允许，乔装赴杭求学。这是在原剧基础上对人物性格上的丰富和发展。

第二集"十八相送"：从拜师起到送别。该集加强同窗三载中梁祝情谊的发展，为自托媒和相送中的暗示作铺垫。原梁祝电影用了代表四季变化的一组镜头表示三载，作时间过渡。在本部电视剧中，要在四季的四组画面里用行为表达梁祝感情的发展和升华。设计如下——

"春"——溪边共读：梁代祝提水，祝感激地望其背影，情不自

禁地露女态攀摘桃花，被师母看见。

"夏"——书房同窗：梁发现祝有耳环痕、玉扇坠。

"秋"——师生共度中秋：梁代祝饮酒，二人赏月、下棋，秋凉，梁为祝披衣。

"冬"——雪中作画：师母试探，请祝描花样。

三载后，父来信催回，银心促其托师母做媒，相送中的暗示是英台托媒后的情感流露。当山伯最终还不领悟时，英台才以"许九妹"约期相会而别。

第三集"劝婚访祝"：梁祝互相思念与祝公许媒马文才两条线并进。师母告诉梁，英台"自托媒"，梁"回十八"中恍然大悟，欣喜地访祝。祝虽然拒婚，而父已饮了马家酒，收了马家聘，加强了戏剧冲突。此时山伯到来各自"别有一番滋味在心头"，在走向楼台中结束。

第四集"楼台会"（包括'送兄'）：为打破该集场景全部集中于内景（英台书楼），特把有些戏安置在上楼前、下楼后，也增加了生活气息。中间插入"十八相送"几组画面配合唱词"闪回"，增加情感对比。在山伯饮酒到吐血作了渲染，经过"送兄"在"上马台"分别，英台在楼上发现山伯暗中留下的玉扇坠，遥望一叶孤舟载着带病而归的山伯渐渐远去……悲痛不已！

第五集"逼嫁化蝶"：从山伯临终、迎亲逼嫁、祷墓到化蝶。在逼嫁中加强父亲在封建道德观念支配下的"爱女"行为，改去以往作为封建阶级代表的概念化处理。由于父亲下跪苦苦哀求，迫使英台同意上轿，而她已作好了殉情的打算。这场戏主要体现她与父亲的诀别，

119

1985 年许诺执导越剧电视连续剧《梁山伯与祝英台》时工作照，右一为许诺

这个悲剧情绪延伸到从轿内发现山伯墓碑，冲至山伯墓前，悲情迸发升向高潮。

（四）该剧主题反映了在封建制度下，青年男女对婚姻自由的追求。虽然他们的愿望不可能实现，但人们相传他们死后化为一对蝴蝶，双双在花丛中自由飞翔，反映了人民追求自由幸福的美好愿望。据此我们采用现实主义和浪漫主义相结合的手法来表现。

（五）为了更好地继承发展，适应不同观众的要求，为保留老艺术家们的精湛技艺，用 1962 年唱片录音母带的声音（此次补录"送兄"及有关修改唱段），录制了一套老艺术家的《梁祝》版本，同时由老艺术家们传、帮、带，拍摄了一套青年演员的《梁祝》版本。原想在音乐唱腔上有所发展，由于时间条件所限只是在配器上用些电声。

总之，希望由此能带出一批年轻演员和观众；初步探索用拍一套的时间，拍出两个版本的尝试，以期得到专家、领导、演员以及观众的支持和认可。

1987 年 3 月 3 日　写于青海路

2013 年 6 月 10 日　整理

第二篇

蝴蝶满园飞

——访电视戏曲片《梁山伯与祝英台》摄制组
作者：王小鹰

梁祝故事，一个古老的爱情传说，传颂千年，经久不衰，每每听来，仍叫人唏嘘涕泪不已。

上海电视台的女导演许诺极其敏锐而细腻地捕捉了这蕴藏于古老传说中的艺术魅力，决然执导电视戏曲连续剧《梁山伯与祝英台》，并开创电视剧创作中史无仅有的先例：同时开拍老、少两组演员的大、小《梁祝》。

有这个必要吗？"有"。许诺导演毫不犹豫地回答。

老《梁祝》。范瑞娟与傅全香，演梁祝演了二十多年了，那唱腔，抑扬顿挫，回旋起伏，那一颦一笑、一举一动都可说已达到千锤百炼、炉火纯青的境地。作为越剧优秀传统剧目的资料保留下来，不仅必要，而且很紧迫，范、傅两演员都已年满花甲了。

小《梁祝》。越剧拥有丰厚的观众群，然而随着现代艺术的不断出现和发展，越剧观众也存在着老化的现象。越剧剧种要发展，不仅演员要有层出不穷的新人，还要不断争取新观众，要与现代艺术争取观众群。

老《梁祝》比小《梁祝》演得深沉有蕴味，小《梁祝》比老《梁祝》外形秀美富于朝气。老、小《梁祝》同时开拍，相得益彰，此乃许导演的神机妙算。

同一部机器、同一个场景、同样的台词、同样的调度，两组演员，老演员拍了小演员再拍，最累最辛苦的要数许导演。许导演瘦了，嗓子叫哑了，不过仍马不停蹄地喊叫："开始！""重来！""OK！"……

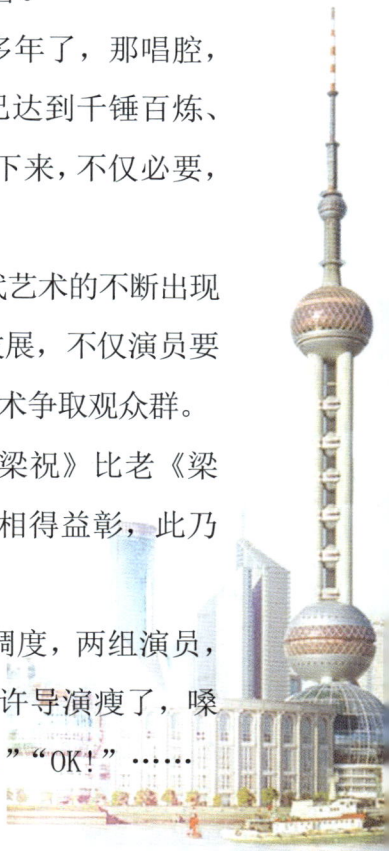

都说跟着许导演拍戏心情舒畅，别看许导演外表严肃，拍起戏来像指挥冲锋陷阵，心肠却很软（毕竟是女性）。她体谅老演员的甘苦，马上要告别舞台了，这个戏对于她们来说至关紧要……于是许导演破例，每个镜头拍成后让两位老《梁祝》过目，倘若她们对自己的形象或表情不满意，许导演总是在尽可能的范围内让她们重拍。有笑话流于市井，说："导演是'骗子'，演员是'疯子'。"实在不对，许导演和她的演员是知心朋友。

　　中午，小憩，许导演伏在场景内那张红木案几上睡熟了。这位中国第一代电视剧女导演，她拍的电视戏曲连续剧《璇子》誉满神州。她衣着朴素到了陈旧的地步，听说，她家中至今仍只有一只九吋的黑白电视机……电视剧导演们排戏原本不是给自己看的。

　　是我的不慎的脚步惊醒了许导演，我虽然内疚，但实在很想问问她，关于……

　　许导演，您拍了沪剧《璇子》，又拍越剧《梁祝》，都是戏曲片，含有重复感吗？

　　《璇子》和《梁祝》完全不一样，不仅剧种不同，场景不同，时代背景也不同。一说戏，许导演又开始生龙活虎。

　　《璇子》发生在三十年代的旧上海，《梁祝》是古装戏，古老的传说，美丽而神秘。我想把它处理成像淡彩水墨画，虚实结合，要有浪漫色彩。

　　搞《梁祝》比搞《璇子》难，难就难在《梁祝》戏观众太熟，大段唱腔都背得出，所以不能从情节入手，要抓住抒情的特点，根据意境拍出一幅幅引人入胜的画图。同时要增加许多内容，以适合电视剧的特点。譬如山伯临终，以前较简单，这次准备加一场戏：山伯昏迷

中仿佛听见喜庆的乐曲，仿佛看见英台穿着结婚服装向他走来……这为化蝶作铺垫，即是人民的美好的愿望，也是梁祝本身"死也要与你同坟台"的决心。

许导演边说边手舞足蹈地示范给我看，俨然一个内行的戏曲专家。也许是演惯了悲剧女子的缘故，傅全香老师神色沉静而略带忧郁。

重拍电视剧《梁祝》，您一定很高兴吧？

"嗯。"肯定回答，声音却很沉重，脸上闪过一丝悲哀。她想到了十年内乱中被耽搁了的艺术青春，被迫离开舞台去作田耕耘，重返舞台时已双鬓斑白了。

我喜欢祝英台，她是个了不起的女子。傅全香老师深情地说。英台对自己理想和爱情的追求是坚如磐石不动摇的。威武不能屈、富贵不能淫，"立坟碑，立坟碑，梁兄啊，你红黑刻两碑，红的刻着我祝英台，黑的刻着你梁山伯。我与你生前不能夫妻配，死也要与你同坟台！"崇高的情操和气节，感天地，泣鬼神，流传千古美名……

所以我喜欢祝英台，多少年来越演越爱。

一个演员要创造一个角色，首先要对角色无限的爱呀。难怪傅全香老师演的祝英台会那么长久那么深刻地印在广大观众的心里。

场景：杭城书馆。窗外白莹莹的积雪中，一树红梅开得正欢，祝英台正在窗前画梅花，望一眼窗外的梅花，凝眸遐想……挥毫点下几朵梅瓣，笔笔有致，娟秀清丽，好一个纯情又灵秀的英台女！

"ok！"许导演满意地叫了声。

傅全香老师放下笔，轻轻揾了揾额头的汗。为了使祝英台的形象更加逼真，她坚持不用替身画梅，苦练了两个晚上，把那一树红梅点得斑烂绚丽。

傅老师在上戏时，录像机前有一个上了妆的年轻姑娘，目不转睛地盯着荧幕上老师的一举一动，边看，嘴中还不断地念念有词。

好生眼熟，哦——她不正是江浙沪越剧大奖赛三等奖获得者陈颖吗？小英台不就是她吗？

看傅老师拍戏，对陈颖来说是头等重要的事。任凭拍摄场外围观的游人成山成海，点点戳戳，议论纷繁。小陈颖毫不分心，目光只落在傅老师身上。

拍电视片，高兴吗？

当然高兴，高兴得睡不着觉。一边回答，一边忍不住地要笑，一派天真模样。21岁的姑娘还不会掩饰情感。

那次大奖赛你演得正是楼台会嘛。

可是，有许多段落我从来没演过呀。又露出许多担忧来。

有傅老师传带，你不用担心的。

我也不能和傅老师演得一模一样呀，我要演我自己的祝英台。好个小陈颖，还真有点勇气呢。这种勇气正是艺术中必不可少的。

傅老师可严格啦。她吐了吐舌头说。

怪不得现在观众叫你小傅全香！

喂，写文章时千万别把我讲得太好，不切实际嘛。人家看了难受，自己也怪难受的。小陈颖千叮万嘱对我说。所以我只如实地记录下我所看到和听到的真实的她。

命运这个东西究竟有没有？

人人都说章瑞虹"福气真好！"

小章的父亲是绍兴越剧团的导演，"文革"中吃了苦，对戏曲失去信心，坚决反对小章学戏，只要她好好读书。然而小章偏偏爱唱戏，

一有空就唱，唱得还蛮不错。父亲渐渐地默认了，后来还带她去杭州看戏呢。有个好父亲，这是小章第一个福气。

小章考取台州越剧团了。领导分配演花旦，她不喜欢。自从看了电影《梁山伯与祝英台》，她就迷上范派唱腔了。自己偷偷地学，学得还蛮像样。于是领导就叫她试试小生戏。浙江省越剧小百花会演，小章一出《楼台会》，得了奖。

在浙江艺校学习的时候，暑假里，戏校一个老师带着小章到上海，到范瑞娟老师家当面请教。当着范老师的面，她唱了两段，表演了一个回十八；战战兢兢，不知所措。范老师一眼就看中了她是棵好苗子，一板一眼一招一式地教。范派唱腔音域宽广，小章嗓子还脆，太尖细，男子气少。于是范老师就领她到声乐老师那里去练声，天天去。

我真是好福气，遇上这么好的老师，那个暑假，范老师每天陪着我，把精力全花在我身上了。小章真情地说。

小章考取了上海戏曲学校越剧班，一进校便排梁祝，不久便被选中来拍电视剧了。

小章真是一路顺风，那风便是可敬可爱的范瑞娟老师。章瑞虹言语之间充满了对老师的敬爱，她长得也很像年轻时的范老师，化了装几乎分不清你我。

范派唱腔素以醇厚质朴深受广大观众喜欢，范瑞娟老师的人也如她的唱腔那样醇厚质朴，言语中没有丝毫的虚假。

范瑞娟老师，您以后还打算演什么新剧目？

我以后的工作主要在台下了，辅导学生，研究戏艺，把几十年的舞台经验记录下来，能对后辈有所帮助，足矣。

越剧要延续、要发展，要兴旺，老演员勇于给青年演员让台，亲

手把青年演员捧上台，这是崇高的戏德、人德。

导演点老梁山伯上戏了。

梁山伯兴冲冲地沿廊走来，往窗内望了一眼正挥笔写梅的祝英台，然后跨进书房……

不忍心再打扰她们了，心中暗暗地祝愿；愿《梁山伯与祝英台》永存人间、代代相传。

（登载于 1985 年《上海电视》11 号）

第三篇：

两代《梁祝》同上银屏

作者：徐洁人

范瑞娟和傅全香，四十年前在上海同乐戏院首次合作演出了《梁祝哀史》。如今这一对越剧舞台上的"情侣"，在浙江省建德县灵栖洞风景区又一次"重逢"，并将出现在上海电视台和上海越剧院合拍的戏曲电视连续剧《梁山伯与祝英台》中。十月六日，当范、傅饰演的这对千古情人在灵栖洞前的青山边进行"草桥结拜"时，被一群上海记者发现了。

笔者悄声问："梁祝故事发生在浙江上虞，拍电视剧选景怎么选到了灵栖洞？"副导演胡春华和制片主任徐俊海解答说，因为导演许诺看中了这个亭子。笔者抬头一看，这是一座松树原木为柱，草为盖的古朴小亭，"草桥亭"三字赫然于上。

许导演下戏了，她对笔者说，浙江山明水秀，而这里层层山峦、潺潺小溪，树林、石桥、老牛、白鹅，景色多变，可以把"十八相送"拍得多姿多彩，而且景致集中，节约了开支，节省了时间，"我们要在五十多天中，把五集电视剧都拍完呢。"

范瑞娟和傅全香过来了。她们说，四十多年来，我们在这部戏中几度合作，进过怀仁堂，出访过苏联和民主德国，还在一九五二年全国戏曲会演中得过奖，而今我们年过花甲，同袁雪芬老院长一起，一直想把这出戏记录下来作为教材，但没能实现。这次上海电视台提议，一老一小两套人马一起拍，既可记录老一代的表演艺术，又给青年演员以实践机会，还可以满足新老观众的不同需要。院新领导吕瑞英、刘觉对此很支持，"我们二人也认为这是一个极好的倡议。"

许导演接着说，白天拍老演员的戏，青年演员在一旁观摩。晚上，青老演员看当天录像，讲戏排练，第二天青年演员上镜头，双方相互学习，各展所长。

这时，穿着便装的青年演员陈颖（饰英台）和章瑞虹（饰山伯）气喘吁吁地爬上山来，红扑扑的脸上充满了青春的气息。据介绍，两位青年演戏时，既虚心学习老师，又有自己的创造。在第一场，英台在草桥亭脚，见陌生少年山伯走来，吓得站起身来。可陈颖说，我不站起来，陌生人，我不睬他。她们的表演有程式，又不受程式所囿，不少地方从生活出发，举手投足，加上少女的天然妩媚，连傅全香也说："我们从青年身上也学到了东西"。第一部《梁祝》电影拍了半年多，而《梁祝》电视剧的录制，一景多用，估计五十天即可完成全剧的录制工作。

（登载于 1985.10.11《文汇报》）

第四篇：

在诗情画意的镜头后面

——电视越剧连续剧《梁祝》拍摄见闻

作者：本报特约记者傅歆

浓浓的诗情，淡淡的画意，柔柔的曲调……戏曲电视连续剧《梁祝》，以崭新的艺术处理，赢得了观众称誉。

（1）一向开朗活跃得像个调皮孩子的许诺导演，一拍戏就变得异常严肃。从接受本子那天开始，她一直沉浸在深深的思考之中。比如，如何解决戏曲电视剧的虚实关系？如何使玉扇坠道具贯穿全剧？如何赋予全剧以优美淡雅的国画风格……

一天，正在浙江灵栖洞拍戏的许诺，突然接到家中孩子病危的电报。她瞥了一眼，不声不响，照常工作。接着，又来两封急电，那是电视台领导来催她了。许诺这才匆匆交待完工作，赶回上海。但她仅在病床旁待了一天，孩子昏迷刚醒，又动身回外景拍摄地了。是妈妈没有感情吗？不，她在后期制作的空隙，还一针针地替孩子编结着绒线裤呢。此刻可不行，大队人马等在那里，拍摄中的许多问题，还有待进一步探索。她，只能让那流过洞边的泉水，带去她对病中孩子的思念了。

（2）明天该轮到"小山伯"章瑞虹拍戏了。不料，半夜里，小章突然肚疼腹泻发高烧。这下可急坏了老师范瑞娟，她一边照料病人，一边考虑第二天拍戏怎么办？强烈的责任心使范瑞娟脑际刷地闪过一道光亮，救场如救火，就代学生做一次替身演员，把山伯进府的背影按时拍好算了。

第二天，这位声名卓著的艺术家，果然当了一名谁也不知道的替

身演员。亲爱的读者，当你看到荧屏上这组镜头时，一定也会为范瑞娟的这种高尚风格所感动吧！

（3）傅全香是六十开外的人了，可从屏幕上看，要年轻得多。对此，她总是感激地说："多亏导演、摄像、灯光和化妆等各部门同志的精心创造啊！"其实，她自己不知为此花了多少心血！尽管每天晚上除了辅导小祝英台陈颖外，又要看外景、排戏，在有限的睡觉时间还要理第二天要拍的戏，但她还是每天凌晨二、三点钟就起身，做气功、按摩脸部，然后一个人摸黑走许多路去化妆。化妆后，她就不吃东西，尽量使脸部少动，中饭也只以几块泡软了的饼干充饥。她说："嘉宝五十八岁还能拍成《茶花女》，我也要尽力拍好祝英台。"

（登载于 1985.10《每周广播电视报》）

图为：许诺导演的越剧电视连续剧《梁山伯与祝英台》同时拍摄了老少两个版本，左为章瑞虹和陈颖，右为著名表演艺术家范瑞娟（右）和傅全香的剧照。

第五节　其他六篇文稿展示（导演阐述，含报道）

有了这次成功的经验，我在拍摄后来的越剧《西厢记》、《李娃传》时，都采用两组同期拍摄的方法，大大节约了拍摄成本和拍摄时间，极大地提高了工作效能和艺术质量。

执导拍摄的电视作品还有许许多多，最让我难忘的，是为刘少奇同志平反昭雪所做的一档纪念节目，献上的一束电视综艺的鲜花。下面，容我将相关文稿一一展示。

第一篇：

越剧电视连续剧《西厢记》（四集）导演阐述

许诺

元代戏曲作家王实甫的《西厢记》，是我国优秀的古典名著之一，它以反对封建礼教的主题，鲜明的人物性格，生动的情节，优美的文词，在戏曲文学发展史上产生深远的影响。我国有许多以它为蓝本的戏曲、曲艺，使这部 600 年前的剧作广为流传。莺莺、红娘的名字家喻户晓。

五十年代上海越剧院苏雪安根据何人的同名剧本改编成越剧（吴琛导演、袁雪芬主演），得到周恩来、田汉、夏衍、周扬等领导同志的青睐和亲切关怀。它以中国民族特有的优美抒情、典雅含蓄的舞台形象和唯美有趣的故事，赢得国内外观众的盛誉，成为该剧院四大保留剧目之一。

将这部古典名著和优秀的越剧剧目搬上屏幕，可以使前辈艺术家

的创作成果得以保留、发展，后继有人广为流传。据此，我们拍摄了老演员和青年演员两套版本的越剧电视连续剧。

剧本要求：在最新演出本的基础上，参照原著及其他越剧演出版本，根据电视形象的要求与吴琛、袁雪芬同志共同研究，逐段逐句精修，突出莺莺在红娘帮助下争取婚姻自由的主题，加强人物性格，丰富细节，必要处增加新唱段和伴唱。

全剧风格：仍要统一在优美抒情、典雅含蓄之中。吸取原剧言简意赅的折名，如：第一集中是"惊艳"、"酬韵"、"寺警"；

第二集中是"情宴"、"赖婚"、"琴心"；

第三集中是"闹简"、"传简"、"赖简"；

第四集中是"寄方"、"拷红"、"长亭"。

处理时意在深化主题，渲染人物性格，事件情节集中，场景形象丰富，不增添节枝篇幅。

片头设计：以原著名句"待月西厢下，迎风户半开，隔墙花影动，疑是玉人来。"作主题歌，配之此意境的空镜头，定下此剧抒情含蓄的基调。

全剧的开端与结尾，都在离普救寺不远的长亭，以求首尾呼应。张珙出场，展现"书剑飘零"的形象，与挚友杜确在长亭分手，交代人物关系，为后面白马将军解救普救寺作铺垫；晨钟声中出现崔夫人偕子女、红娘在寺中祭拜故相国灵位，作人物身份、处境的背景介绍。剧情的展开是通过"惊艳"初遇，"酬韵"相识，"寺警"危急进行。第一集结尾落在法本向寺内僧人游客传老夫人的话："若有人退得贼兵，愿倒赔妆奁，将莺莺小姐与他为妻。"画外一声："来也！"只闻其声不见其人，留有悬念而止。

第二集增加张珙激惠明传书一节，然后以一组写意的画面表示惠明突围、贼兵败退、杜确贺亲告别后，张珙、莺莺各自满怀欣喜赴宴，崔夫人席间赖婚，好心的红娘仗义同情张生的痛苦不幸，在带他移居西厢时，安排张生月夜弹琴，试探小姐之心。张生抒怀，莺莺感应，虽一墙之隔，二人心心相印。

第三集通过红娘为二人传递书简，展现张生、莺莺的恋爱进程。由于红娘热心、张珙痴情、莺莺内含的不同人物性格，虽然都是因不满夫人赖婚，愿双方结合的共同目标，还是产生了一系列合乎情理的戏剧冲突。

第四集是以莺莺、张珙、红娘为一方，为争取婚姻自由，冲破封建束缚的个性与行为的最高表示；而崔夫人一方，为维护封建门第的利益，虽然从胜利到失败，但又不甘于失败，人为地造成莺莺、张生悲剧性的结局。这也是她个性和行为的最高表现。

这集一开始，用几个镜头简练地交代张生病卧西厢，莺莺因知是自己赖简所致，而内疚异常。红娘继而激将，加速把莺莺爱怜之心转化为寄方约佳期的行为。但因她长期受封建闺门教育，不能在愿助其一臂之力的红娘面前公开。加之从书写到行动不是容易的事，需要有个过程，为此增加张珙见方病愈，急切期待的情节与唱段。用两条线平行交替发展，既有时间过渡，又渲染了赴佳期的矛盾。其中红娘的责怪相劝，莺莺的半推半就迈步出房；张珙的生气关门，到莺莺决心进西厢院门，镜头推向燃烛的窗格，烛光骤灭，以一组蒙太奇镜头含蓄地暗示佳期欢乐时光的迁移。

"拷红"前铺垫了在花园抓蟋蟀的欢郎，碰到深夜从西厢角门出来"烧香"的姐姐与红娘。崔夫人闻知唤红娘来问，其中穿插莺莺几

次焦虑不安的镜头加强节奏。"拷红"中要突出红娘虽然目不识丁，然而是非分明，机智聪明。从被拷问者转化为反指夫人"三不是"，迫使夫人允婚。但夫人为维护相国门第的声誉，以张珙要得官回来，方能成亲为条件，明允暗拆，迫使一对情侣分离。勇敢的莺莺临别前，要张珙饮她手中一杯酒，叮咛他："不得官回来陪伴你"。在夕阳残照、落叶飘零的氛围中，二人依依戚戚痛别长亭！

该剧舍弃原作张珙得中状元，有情人终成眷属大团圆的结局。用原作第四本第三折结尾"四围山色中，一鞭残照里，遍人问烦恼填胸臆，量这些大小车儿如何载得起？"为终曲，具有更深刻的反封建内涵，使全剧自始至终贯串优美抒情、典雅含蓄的风格。

设想只是努力的目标，最后的屏幕形象的完成要靠集体，一定会有距离，期望尽可能的缩短这个距离。

（2013 年 6 月　整理）

图为当时杂志上对越剧连续剧《西厢记》的图文介绍

第二篇：

方塔之下，长亭送别

——松江访电视剧《西厢记》剧组
冯叶

绕过那静静矗立的古塔，眼前出现的是一幅充满诗情画意的景致：疏林葱葱，柳丝依依，一条青石铺就的长堤沿着一池碧波蜿蜒伸展……颇有几分夕阳古道，长亭送别的意味。松江方塔之畔，来了峨冠博带的几位古装男女，传出悠扬的丝竹管弦之音和唱戏声……原来这是来自上海的摄制组在这里拍摄电视剧《西厢记》。

薄云遮天好拍戏

日前，记者驱车来到摄制组下榻的松江红楼宾馆，采访这些冒着摄氏 35 度高温拍戏的演员。此刻正是午后两点，整洁的的过道里悄无人声，演员们正在休息，忽然，一阵哨声将大家惊醒，正猜想出什么事、只见制片主任急急走来。原来天气有变，刚才还是烈日当空，现在已是薄云遮天，光线变得柔和舒适。正是拍摄的好时机！主任当机立断，决定提前两小时开机。一时间，"张生""红娘"便争先恐后涌入化妆间，忙着补妆、上妆。唯有那位"莺莺"小姐（金采凤饰）显得从容不迫，早早化了妆坐在一边。她告诉记者，对这样的紧急出动她已习以为常。平时为获得理想的光线条件，拍摄时间总是随机应变。常常是凌晨三点起床，五点出发到外景地，到中午才班师回营，傍晚时分再连续作战，通宵达旦拍夜景，直到次日……

两对恋人入镜头

在方塔边的摄制现场，记者诧异地看到了两对"张生和莺莺"。原来这次剧组安排了两个演员阵容，分别由吕瑞英、陈颖饰红娘，金

采风、华怡菁饰莺莺，刘觉、裴燕饰张生，每拍一个镜头，即由 AB 组轮流上场。现在正轮到 B 组拍摄"长亭送别"一场戏，只见华怡菁、裴燕正伫立桥头，默默地酝酿着感情，此刻摄影师在寻找拍摄的最佳角度，灯光师在测试着光线的强弱和方位，导演则口中念念有词，提示着演员的潜台词："要分手了，要离别了，也许永远见不到了，内心感到悲伤、痛苦"……好容易一切准备就绪，演员却怎么也流不出眼泪。这也难怪，站在这火辣辣的太阳底下，还要承受散光灯的热量，就是穿着单衫也已汗流浃背，更何况那"书生"和"小姐"着厚厚的三层戏装！于是，等待片刻，让演员酝酿感情，进入角色……

虚实结合求典雅

尽管摄制条件艰苦，全体人员的创作态度却一丝不苟。当谈及这部电视剧的艺术风格时，导演许诺说："我想尽量拍得典雅、抒情些。既保留舞台剧的精华，又充分利用场景、镜头的灵活多变来展示人物丰富、细腻的感情和心理。比如'拷红'一场戏，就运用特写和平行画面来避免舞台表演的单调。另外对原剧中的战争场面也采取虚写手法，以保持全剧风格的统一。"

剧组结束松江的外景拍摄后，还将赴宁波、普陀等地拍摄，9 月份停机，春节前后与观众见面。

（登载于 1987 年 8 月 31 日《新民晚报》）

135

第三篇：

越剧电视剧《李娃传》导演阐述

许诺

将《李娃传》由舞台剧改编成电视剧的总要求——

剧本要剪裁、主题要深化、人物要集中、语言要精炼、唱段要动人、画面要优美。

关于剧本：

最早唐宋传奇为《李娃传》，只是个故事梗概。明代《六十种曲》徐霖编的剧名为《绣襦记》，共四十一出。上海越剧院朱铿根据白行简的《李娃传》、徐霖的《绣襦记》和川剧《李亚仙》改编的舞台演出本，有坠鞭、计赚、责子、教歌、巧遇、剔目、荣归、团圆八场戏，演出时间三个多小时。

这次剧本的改编，首先要适应八十年代观众的审美心态，改变过去在原剧基础上"发展"的做法，浓缩成两集，不超过110分钟（老演员版本三集），既节约经费又使剧本紧凑集中。

开始用序幕，简要地介绍李亚仙与郑元和相识相爱的关系；正戏开始时，以对舞台剧进行"腰斩"，二人已经分离；然后通过平行蒙太奇将男女主角两条线，在各自回忆旧情的唱段中"闪回"展现：二人情意的怀恋及事态发展的经过也需表现。这样，既保证了全剧发展的合理性和完整性，又充分发挥了戏曲唱段与电视的视觉形象的有机结合。

李亚仙的"清高"和郑元和的"不求仕途"，成为他们相爱结合的基础。剧情需抓住此条线而展开。由此李亚仙以自己的积蓄赎身，

在陋巷简居中过了一段自由幸福的美满生活。

主题思想：

该剧不是一出在传统剧中落套的——寻花问柳的花花公子落魄，"妓女从良"，规劝丈夫"浪子回头"，衣锦还乡受封扶正，被父母接纳，最后以"大团圆"而告终的戏。

李亚仙这个长于琴棋书画的江南名妓，她不屑荣华富贵，而是要追求纯真的爱情。不求仕途的郑元和与她有共同之处，郑的赴考，一方面是父亲的教训，更主要的是李亚仙的"剔目"对他的刺激。郑元和得中后，李亚仙还郑家一个做官的儿子后悄然离去。而郑元和亦为自由幸福弃官随去……。该剧反映了一个沦落烟花的李亚仙，出污泥而不染，对纯真爱情的献身，对自由幸福的追求，富有深刻的反封建意义。由于人物历史的局限性，他们只能追求个人的幸福。但，既对金钱官宦的鄙视，也是对当时社会的抗争。这是一部悲喜交集的正剧。

电视剧的结尾：

在人物性格合理的发展基础上，赋予新的哲理性的内涵，耐人寻味。

关于唱段：

戏曲不可能不用唱段，但它必须用在抒发人物感情和刻画人物性格上。删掉自报家门式的和一般介绍人物环境的唱段。在需要之处设置的唱段，就要酣畅动人。说白也同样，伴唱要甜美含蓄。

演员表演：

要适应不同景别的镜头要求，加强内心刻画，力求在原有基础上有新的突破，减少"程式"与实景之间的矛盾。

美工：

在实景中拍摄戏曲电视剧，仍应提炼，避免繁琐，强化为主题服

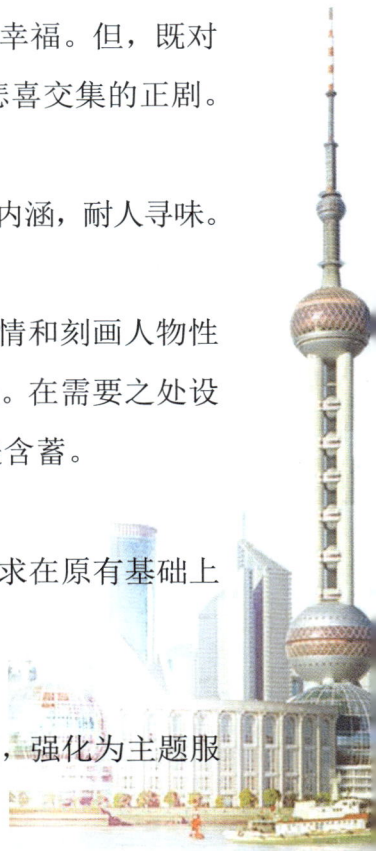

务的意境，使虚实统一。戏一开始交代三个不同环境的空镜头：鸣珂巷夜景表现花柳巷的"艳（丽）"；李亚仙被迫迁去的新宅要"僻（静）"；而李亚仙和郑元和的共居处则要"简（陋）"，以体现人物的不同追求。

道具：

要注意对特定环境的渲染与介绍，及季节变化的典型性，贯串剧情的道具要真实。

摄像、灯光：

着力人物、环境气氛和意境的刻画与渲染，要用画面说话，总的风格要优美。

化妆造型：

对老演员要着力缩小年龄差距，强化人物性格。

服装：

要符合人物的情绪、处境，适应剧情需要注意冷暖色调对比。

2013 年 6 月 20 日整理

第四篇

越剧电视剧《真假驸马》导演阐述

许诺

一个人的命运无法预测，悲剧的元凶并不是清晰的，有待观众去寻找……

全剧冲突由一个偶然事件引出真假两驸马。剧中每一个人物都面临真与假的选择，痛苦的原由是真不能假不得，导向悲剧的结局。全剧中唯一因说真话而被夺命的，是一个不起眼的小人物，她的死显得那么壮烈，一瞬间那么高大、发人深省。

一、对电视剧本要求：简练紧凑、情节跌宕、脉络清晰、人物鲜明、思想内涵深刻。

在开场的序中简练几笔，就交代由于欢乐而事件的突然发生。随之而来的是喜庆中潜伏的悲剧冲突接踵而至。由每个人的震撼，发展到整个家庭的震撼，导致无法避免的悲剧结果。尾声与序遥相呼应，时过境迁，孩子手中转动的风车意味着时代的演进，看来是五光十色，然而冲突不可避免，人物的命运仍不可预测。

对舞台重大的改变除结构外，就是由宫廷解决矛盾，变成皇后处理家庭内部矛盾，形成一个家庭人物命运悲剧，便于抒发人物的感情，有利于展开感情与伦理的矛盾；皇家名声与个人命运的矛盾，希望从中揭示更深刻的内涵。

二、对剧中人物的分析和要求：

董文伯具有一定文化素养，出身村儒家庭，由个人奋发而跃入龙门。他是个有才华而命运对其最不公正的人，他曾不理解、郁闷、痛苦；曾抗争为己正名；也曾"醒悟"，想以假话装疯，以求得全家平

安。然而，在真假、是非不分的朝代，他别无出路，只能是个牺牲者。

董文仲性格憨朴，可他陷于公主的情感与孪兄手足之情的痛苦之中，退让不成、出走不成、断舌不语也救不了母兄的死亡，他无法承受这一切而疯。

公主她出生皇家，有她娇柔任性的一面。她聪明智慧，她的痛苦是一次又一次喝着自酿的苦酒，她能自悔并挺身赎罪，是她正义纯真的一面，正由此才离开无助于她的皇家。

皇后因删去皇帝出场的戏，使她在剧中成为封建统治及其礼教的执行者与维护者。但她是爱女的母亲，是爱夫的女人，她的地位决定她必然坚定地维护皇夫、女儿的名声。可她的痛苦、她的悲剧，正是扼杀她的真正所爱（真驸马由皇帝亲选，小慧从宫中伴女至今），她的心灵是无法承受面临的一切。

匡正是个有官宦气质的人，所以才可能升任刑部尚书。由于他与文伯有同科之情，明白真相而被卷入，虽然他身居高职，使尽了官场的应变能力，以千方百计救文伯为贯串线，他仍无回天之力，最后只得弃官遁入空门，在念珠中期望着为亡者超生，为自己赎罪。

董母出自爱子与保护家族存亡的矛盾之中，痛苦可想而知。为此她违心地不认长子，劝他离去，在亲子面临绝命之际，只有挺身为子牺牲，这是母爱的最高体现。但可悲的是她无法知道，她的死也未能挽救文伯的性命。

小慧只是一个高级奴婢，在全剧冲突中并不是核心人物。但她的纯真，至死不说假话，因说真话而夺命，是她的悲剧所在。这震撼了主人公，推动剧情的发展，这个小人物的壮烈之举，使这个小人物，一个朴实无华的平民显得那么高大。

三、关于唱段：

唱段是戏曲艺术的特有手段。它作用于抒发人物情感；推动剧情发展；表现人物相互及内心活动的重要表现形式。不同人物设计不同流派的唱腔，如孪生兄弟用尹、范派，匡正用徐派，旨在区别不同人物性格身份；女角采用傅、王、吕、吴流派，使人物的音乐形象丰富多彩。

剧中删去一段叙事、交代性的唱段，集中用在宣泄情感内心活动上。如公主对文伯叙述他坠崖后的情景，变大段介绍剧情的唱段为蒙太奇转场闪回当时情景的唱句，比独唱加闪回更形象动人；再如，两兄弟出走后，通过四组不同场景不同人物唱段的平行交叉蒙太奇，展示人物内心活动，有利于展现具有电视特点的戏曲艺术。

小慧、董母死后的重要唱段则将全剧推向高潮急转尾声，也是运用唱段蒙太奇使全剧有机紧凑。

四、关于语言：

1、加强戏曲语言的文学性：根据不同人物的性格身份，说具有性格职业特征的话，对原剧本作了修饰。

2、加强语言的动作性：把语言减到尽可能的少，语言中的情感与内涵部分由演员的表演体现；

3、对剧种语言规范化：必须确立越剧不赞同采用唱唸不统一的"普通话白地方话唱"，使绍兴人听不懂绍兴戏的做法。为扩大地方剧种的普及面，在唱唸中统一运用方言普通话（绍兴官话—中州韵）。

五、关于表演：

不采用全部保留程式或全部舍弃程式的两种极端，在实景拍摄的戏曲电视剧的表演风格，必须根据剧情与不同人物，结合实景有取舍

地运用戏曲程式，在形体动作中符合生活的优美造型手段要有机地运用，以扬戏曲之优，区别于其他剧种，在近、特镜头中，要加强内在的表演（眼神、情绪的变化）。总之，不赞同表现主义与自然主义的表演方法，而是提倡以内心为依据，辅之以外部手段的体验派表演方法，继承发展戏曲艺术古典美的造型手段。

六、关于造型：

剧中无明确朝代，艺术造型依据越剧古典戏曲常用的以明代服饰为基础，旨在区分不同人物、身份、性格、气氛、情绪，以完成在镜头前表现人物与传达全剧立意为宗旨，给观众以审美享受。

景与服饰的色彩、气氛、对比的和谐；实景与写意的统一（真的景真的人，和经过装饰的戏剧的景与人物），如大门是真的，表现的形象是局部写意的，虚去繁琐部分更提炼集中；又如"坠崖"、人死的"血迹"、咬舌等等也都是实景中的虚写，这些在故事片中也是常用的艺术手法。

七、画面采光与实景的基调：

虽是悲剧，但从剧情需要与戏曲的特点，不能定下总基调是灰冷之类的框框。由于有自然条件与时间、经费的制约，原则上欢乐（序）要明朗，庆寿要热暖，利用装饰烛光创造喜庆气氛，而"阴阳岭"闪回部分与尾声，则需要青灰萧索的悲剧气氛。皇后偏殿及皇后来的大厅则要有威严肃穆的皇家气氛，这是预示在华丽笼罩下的死亡；董家旧居简朴清贫，但又是乡村儒家门第；公主房要年轻温馨感；匡家客房小院要有静瑟寂寞感，花园池边晚秋凋零景象（当前正符合）。

夜景田野外可能是日夜或傍晚，力求与家院统一，由于交叉组接，要求色调统一。

构图可运用传统对称（均衡）与现代（不对称、不均衡）相结合的方法，以符合剧情需要而定。

八、节奏：

为适应全剧情绪跌宕，总的设计短镜头多，景别跳跃得多，在长镜头中要求演员的运动与景位的变化（运动）使画面多变不呆滞又流畅，有的情节要求表现速度与节奏时，则可运用演员与镜头的同向、反向运动（移变）的效果。

1991 年 12 月 22 日

2013 年 6 月 整理

第五篇：

中国古典名剧系列电视剧之一：
《窦娥冤》的导演阐述

元朝是中国历史上一个苦难深重的时代，关汉卿是这个时代最伟大的一位杂剧作家。约生于 1210 年左右，卒于约 1298——1300 年间。作剧 66 个，现存 18 个。他所创作的历史剧、悲剧、喜剧等多种形式，以思想和艺术的结合、现实主义和浪漫主义相结合、反映被压迫人民的痛苦和愿望、反映他们的智慧和力量，以及敢于反抗、至死不屈、争取胜利的精神。

在 1958 年纪念关汉卿创作 700 周年之际，作为世界文化名人，

关汉卿受到世界人民的纪念。全国约有 340 多个不同的剧种，据说有 1500 个职业剧团同时在上演关汉卿的剧本。

《窦娥冤》是关汉卿悲剧的代表作，它是一部现实主义和积极浪漫主义相结合的伟大剧作，它成功地塑造了一个，在沉重的元朝统治者及封建恶势力压迫下，最终仍坚强不屈的善良勇敢的妇女形象——窦娥。国外，100 年前就有了 M.Bazin 的法译本，另外还有宫原民平的日译本，受到国际戏剧界的关注。

"窦"剧的主题是写冤狱平反，造成冤案的原因是元代社会流行的高利贷剥削、封建道德观念、以及贪官污吏横行。

关汉卿通过年轻寡妇窦娥含冤之死这一现实，揭露了元代冤案四起的黑暗社会。关汉卿通过"三桩誓愿"的兑现、鬼魂不屈、托梦伸冤、冤案洗雪这些浪漫主义手法，抒发他的极大的悲愤和愿望。他通过这一平凡柔弱的女子，抨击不可一世的黑暗统治，而最终的胜利者却是看来极柔弱的一方，从而对于观众产生了极大的心灵震撼。

该剧改编成电视剧不利的一面，是要割爱舍弃优美深刻的剧中台词及动听感人的唱腔；有利的是，关汉卿在该剧中大胆地运用浪漫主义的手法为主题服务。我们就要扬长弃短，抓住这个利于发挥电视所长之点，在抨击贪官污吏草菅人命的同时，深化对封建道德观念的批判，使这一悲剧具备较强的哲理和人文内涵。编剧北婴在顾问王季思先生的支持下，在文学本中提供了这一基础，为这个戏设计了大悲剧的结局，使这部电视剧沿着关汉卿的创作道路，在 80 年代有了新的发展，深化了主题。这一立意上的突破，使得拍摄这部电视剧更具现实意义和非凡的思想意义，这就极大地提升了这部作品的审美品质。

要求该剧将古朴的市井风貌的写实，与凝重悲壮洗练的浪漫主义

相结合。把窦娥刑场三桩誓愿：血染白练、六月飞雪、三年大旱为序；窦天章受命巡察、审案思女、窦娥鬼魂诉冤为开端；引出这一冤狱的始末，洗冤后窦娥鬼魂丢弃"女儿经"、蔡婆被斥而死、窦天章虽是清官，但失去女儿受到女儿鬼魂的谴责，精神崩溃，窦娥鬼魂迎着曙光消失……光明必将取代黑暗，这是不可抗拒的规律。

对剧中人物要求表演朴素自然，不能脸谱化。窦天章虽是清官，但离不开封建道德观念的束缚；桃杌是封建统治势力、贪官污吏的代表，他所做的一切，自认为是天经地义的；张驴儿属贪财色的流民；赛卢医虽受害于高利贷，但却是个贪利胆小的庸医；蔡婆虽是个高利贷者，两个孤寡妇人也只能以此为生，她对从小养大的儿媳是疼爱的；窦娥从小受父亲三从四德观念的熏陶，善良、本分，为婆婆而牺牲自己，然而最终她也发出了不屈的呐喊，成了鬼魂也要伸冤，平冤以后她发现平了这冤还有那冤，屈死了多少妇人，她再也不需要"女儿经"，再也不信"女儿经"了，她虽然死了，在黑暗的封建统治阶级面前却是个强者。

结构要打破原有的样式，要有悬念，逐渐将全剧解开，最后主题升华。这次拍摄，是对难度较大的古典戏剧名著的研究与探索。

许诺（执笔）、赵福健

1989 年 5 月 31 日

第六篇：

神话电视连续剧《白蛇传》导演阐述

许诺

一、发展历史：

"白蛇传"是在我国民间流传已久的神话故事，它最初还带着若干恐怖色彩，慢慢地才衍变得美丽动人，并逐步具有了深刻的意义。由于它具有强烈的反封建思想，使这个故事流传得最悠久，出现于多样的民间艺术表演样式之中。

800 余年前南宋民间曲艺中的"说话"表演样式已流行，现在能见到最早的南宋《清平山堂话本》中有"西湖三塔记"，写了三潭印月镇三妖——鸡妖、獭妖、白蛇。

明万历前后盛传田汝成的《西湖游览志余》中记载"三塔镇西湖三怪，雷峰塔镇白蛇、青鱼两怪……"（大意）。最早的弹词，崇祯年间抄本"白蛇传"，与明代冯梦龙《警世通言》二十八卷中的"白娘子永镇雷峰塔"没太大区别，明代还有陈元龙的百戏"雷峰塔传奇"，都有这个故事的描述。

清康熙年间，古吴墨浪子著《西湖伴话》十五卷"雷锋怪迹"，被陈树基掠入乾隆刻本《西湖拾遗》二十四卷"镇妖七层建宝塔"，后被溶入昆曲。在清代说唱形式有：马头调、八角鼓、鼓子曲、鼓词、子弟书、小曲、南词、宝卷、滩簧等，都有"白蛇传"题材的唱段。清代乾隆三年黄图珌作的《看山阁乐府雷峰塔》上、下卷，三十二折，是第一部以此题材谱成的戏曲，情节与"警世"一致。三十年后，方成培的改本《雷峰塔传奇》定本较完整，为三十年来该本的衍化，作

了总结。

近代有各种艺术品种、剧种的"白蛇传"，如金素秋、李紫贵的"金钵记"、田汉的"白蛇传"等等。

总之，无论前人的各种版本有着不同的角度、目的及局限性，由于"白蛇传"通过神话形式，反映了封建社会的根本矛盾，体现了人民对爱情的自由幸福的强烈要求，因而获得普遍、悠久的流传，为广大人民所喜爱。在历代艺人的不断加工、丰富发展、创造演变中，使这一神话故事逐渐脱离了妖气，将原来作为妖的白蛇，人格化为被人同情的白娘子，表达了人民对婚姻自由幸福的渴望。

二、拍摄要求：

80年代的"白蛇传"，要在继承前辈的基础上，吸取各种版本之长，为我所用，有所发展。使它既有强烈的民族色彩，又有强烈的时代感。希望它成为老少咸宜，又有较深刻的内涵，使得较高层次的观众也能喜欢。

三、主题：

这部抒情色彩浓郁的神话电视剧，旨在通过白、许"人蛇之恋"的爱情悲剧，不仅要反封建，还要注入反对旧的传统观念，这个新的理念。

鲁迅曾说："悲剧将人生的有价值的东西毁灭给人看。"剧中白素贞对爱情的追求，代表了人民对婚姻自由幸福、美好理想的向往，必然会遭到以法海为代表的封建势力及旧的传统观念的反对与阻挠。白素贞的不屈不挠的追求，和神怪、小妖的百般阻挠，构成了全剧的冲突。虽然是悲剧性的结局，然而，面对"佛法无边"的强手，她是个胜利者，因为她毕竟得到了她所向往追求的幸福，并为之献身。她的

坚强、善良是人民美好愿望的代表和理想的化身，也因基于"传说"这点强烈的人民性，使这个"传说"流传至今。我们这个戏要发展、丰富这个点，以鼓舞社会主义时代的我国人民。

四、风格与表现手法：

要突破以往在舞台、电影、电视剧、动画片中的神话剧表现手法，用 80 年代的电视技术，使剧中的神界、人界、兽界有鲜明的区分，加强现代艺术审美造型。

"仙界"要抽象虚幻，不能搬用人间的一切；"天堂"是人们臆想的虚幻、偶像式的，是悲剧的所在。它，"四大皆空"，大得无边无际，美好，却无法获得凡人所需要的一切，但，它又象征着威胁人、左右人的权力。

"凡界"要真实凝练，人间才是美好的所在。但，充满磨难，一切来之不易。

"兽界"要有特点，充满情趣，不能恐怖。兽类要修炼成人、成仙，有着很大的距离。兽，也有善良的一面，但，有的永远只能是兽，尽管有的已经披上神仙或人的外衣。

五、导演立意：

人与兽往往受人臆造的神来统治，自己摆脱不掉自己建立起来的"偶像"的束缚，这就是悲剧所在，全剧的悲剧特征不仅到白蛇被镇入雷峰塔为止，而是人民自己造的"塔"压着自己，还顶礼膜拜了几千年。以此为结尾，希望引起观众深思。日月流逝，而代表一种观念形态的统治，还沉重地压在他们的头上。这就能反过来感受到白素贞甘愿受尽磨难，去争得幸福的价值之所在。

六、分集提要；

第一集"登仙"——白蛇千年修炼成人形升天，为理想拒绝青蛇安于兽界的求爱。

第二集"天梦"——成为白云仙姑的白蛇与天神桂枝（许仙的前世形象）的无法实现的神恋。

第三集"下凡"（"追梦"）——白、桂的神恋，为天堂所不容，桂枝（许仙）被贬下凡，白云仙姑挣脱天锁，追下凡间。

第四集"结缘"（"得梦"）——青蛇为爱白蛇，修成人形，为帮白蛇找到恋人，变成女形相伴。白、许经西湖借伞，相恋成婚。

第五集"惊变"（"失梦"）——法海受命下凡捉白蛇，雄黄酒白蛇现形，小青盗草。

第六集"水漫金山"（夺梦）——白蛇因孕伤败，水族救护，许仙逃离镇江。

第七集"断桥重逢"（"护梦"）——白、许重逢、释疑，重新相爱。

第八集"塔祭"（"噩梦"）——麟儿满月，白蛇镇塔，麟儿祭塔，小青撞塔成男形，战胜法海。

七、人物造型：

分清三界，仙界、兽界可吸收脸谱创新。希望各工种共同奋力，解决高难度的技术与艺术统一的各类问题。

1988.8.29 于成都

本文参考资料：

黄裳论剧杂文；

鲁迅有关文章；

田汉、周扬论著；

傅叶华编《白蛇传集》

编剧：刘小匆

顾问：余秋雨

摄制单位：四川人民艺术剧院

注：因时间、气候、场景等原因无法进行，而结束。

第六节　剧本展示

诗剧：为刘少奇同志平反昭雪献的一束花

得知 1980.5.17 日即将召开为刘少奇同志平反昭雪的追悼大会，领导安排节目，我于 4.25 日录制了专题诗集《迎春花——献给刘少奇同志的诗》。这束不起眼的小花，不仅表达了我们的心愿、反映了亿万人民的心声，也敲响了进入新时代的钟声！翻开案卷感慨万千，整理出完成台本，以兹纪念。

序、画面——摄影作品"冰雪消融迎春花绽"

伴音——歌曲"怀念刘少奇同志"（钢琴前奏声中）叠现片名：

《迎春花——献给刘少奇同志的诗》

影片资料：雪山远景，雪景（摇）

歌声："虽然我不是歌手，我也要亮开歌喉，高歌一曲让歌声传遍九州。"

影片资料：刘主席带柳条帽视察工厂；

　　　　　视察农村看玉米、

　　　　　学生给刘主席带红领巾、鼓掌；

　　　　　人民大会堂群众鼓掌，

　　　　　少奇同志当选国家主席。

歌声：　"刘主席，刘少奇主席，你一生为人民血汗流，

　　　　操碎了心，累白了头，

　　　　啊！祖国山河迎春归，难忘你的情谊厚！"

一、青松叠字:《欣喜与沉思——写在刘少奇同志追悼会上》

作者:马绪英　郑礼滨　　朗诵:杨在葆

朗诵者:一声惊天动地的春雷,/炸毁了一堵宫墙,/撕开了一片云霓;

此刻,我在花圈的海洋里,/寻找那洁白的魂幡,/咀嚼着痛苦难忘的记忆。

画面:(推)刘少奇象(化)雪压青松(化)刘少奇象,(拉)花圈

朗诵画外音:少奇同志——我们的国家主席

寒凝大地,他悄悄地走了,

冬云遮住了身影,/大雪掩埋了足迹;

恶梦过后,他悄悄地回来了,

回到呜咽的半旗下,/回到迎春的花圈里。

朗诵者:今天,假若时间允许,/我沉思的钻头,/能穿透一千丈岩壁;

今天,假若先烈同意,/我欣喜的泪水,/能淹没一万里长堤。

呵,不必了,不必了

掀掉他头上的重压,/我们党使用了特殊的起重机

恢复他神圣的名誉,/人民心头自有忠贞的洗涤剂!

用祝捷的锣鼓,轻盈的舞步,/表示我心中的狂欢吗?

不，这决不是少奇同志的期冀；

用紧锁的眉结，含伤的诗句，/倾诉我心中的悔恨吗？

不，少奇同志决不会同意！

祖国已是壮年了，/还赤裸着瘦弱的背脊；

历史已经舒眉展目，/等待着中华民族的崛起；

我雄宏阔大的思维世界，/那能只装着一个"愁"字。

安源在望，盐城在喊，

同叹息的悲歌诀别吧，/重新安排未来的天地；

再翻新长征的雪山，/再过新时期的草地，

需把信念的钻头千百次磨砺！

明天在喊，时代在望，/剪断那理也理不清的愁绪吧，

把它拧成策骑的鞭子；/牢记老一辈革命家的教诲，

向 2000 年的前沿突进，/实现中华民族的意志！

画面：花丛

二、书《论共产党员的修养》、迎春花

叠字幕：迎春花——《修养》之歌

作者：邹荻帆　　朗诵者：秦怡

朗诵者：那时候日军的刺刀/刺进祖国的心脏，

敌人在饮马黄河和长江，/蒋军却要边区没有灯火亮。

听，延安马列学院书声朗，/你讲课：《论共产党员的修养》！

你指着前面的方向

那是"空前未有的/无限光明的/无限美妙的"幸福之乡，

那又是"历史上空前艰难的事业"，/ 共产党员要进行修养！

任它铁壁合围炮声隆，/自有山丹开花纺车响，

信天游的歌声在延水上流，/红星和云雀在晴空中飞翔……

那时候经历了"五风"的灾害，/十二级风暴毁坏城市和村庄，

春天没有花朵，/秋天没有收藏。

有思想在播撒种子呵，/《论共产党员的修养》

你不赞成有"党内发号施令"的家长。

"不能脱离当前人民群众的革命斗争"，

为党、为人民、为革命胜利而修养，

教我们勇敢改正错误如"日月之食"，

教我们无私无畏胸怀坦荡。

自有历史做见证人，/我重见春风拂着人们的脸庞，

南方有油菜花金黄，/北方有电火之花明亮。

呵，十年浩劫，/一场水灾，/经济要崩溃堤防，

一场风灾，要刮走精神的信仰，

一场火灾，火场上那还有希望的春秧？

再一次听到老革命家的声音：《论共产党员的修养》。

和衷共济，多难可以兴邦，/热切盼望呵：春风、化雨、阳

光……

国家的四化要万马飞缰，/共产党员应该挺身而上！

"先天下之忧而忧，后天下之乐而乐"，

共产党员应有的修养！

我们沉痛地献给你昭雪的花圈，/你含笑地将迎春花报偿，

这是春燕带来深情的书信呵：《论共产党员的修养》。

（化）书《论共产党员的修养》、迎春花

三、照片本翻开：刘少奇与李顺达、女农民；与战士、少数民族；与
烈士黄继光母亲、蓝马握手：与孟泰；与容国团、
外宾握手……

叠字幕：《握手》　　　作者：杨德祥　　　朗诵者：沈娴秋

（镜头从手拿照片本朗诵者的侧背移正）朗诵者：

刘主席活着的时候，/曾经握过许多人的手；

其中，有将军、演员、诗人，/也有工人、农民、教授……

不管天空：风狂雨骤。/不管地上：沙飞石走。

刘主席握手的这本影集，/人民——早已替他藏收！

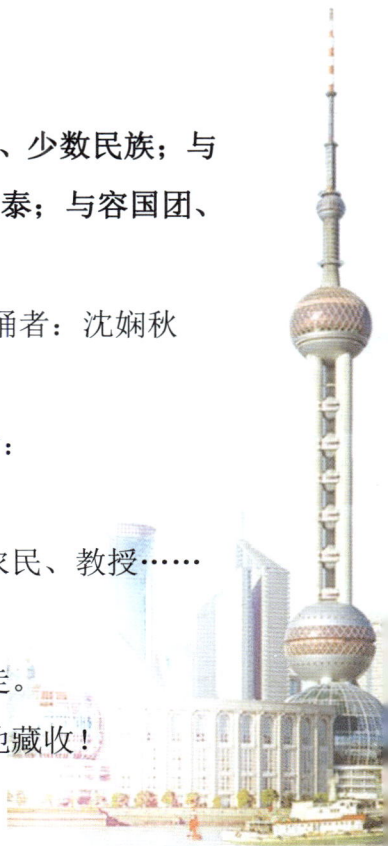

不信？去问时传祥一家吧，/他们藏着最珍贵的镜头：

国家主席会见掏粪工人，/这真挚的情意：如蜜，似酒！

（插）刘少奇与时传祥照片

几千年形成的习惯势力，/都说掏粪工人最脏最臭；

而少奇同志说："分工不同"，/一句话，填平贵贱的鸿沟！

握手，不过是瞬间的停留，/真理的彩虹，却飞架霄九：

谁爱人民爱得深切，/人民爱他就爱得长久……

四、鲜花（特写拉开），

叠字幕：《怀念您！少奇爷爷》

作者：汪心水　　朗诵者：王丹凤

画面：老师对小朋友们讲述。

王丹凤画外音：在我们少年宫的活动室里，/有一位老师和我们依偎在一起，她轻轻地翻开一期画报，/向孩子们讲述少奇爷爷——刘主席。

老　师：当年，你们都还没有出世，/刘少奇就是我们的国家主席，

　　　　我们的爸爸和妈妈，爷爷和奶奶，/都喜欢称他少奇同志。

　　　　当年，少奇同志在青年时期，/就到安源传播革命真理。

　　　　他和毛泽东同志领导了安源罢工斗争，

　　　　为祖国、为人民力下了丰功伟绩。

156

王丹凤：当年，我们国家遭受三年自然灾害，

伟大祖国正处在一个困难时期，

少奇同志的生活也和普通人民一样，

他与人民同命运，/人民与他共呼吸。

当年，少奇爷爷从国外访问归来，

飞机场上嘱咐外事部门的同志，/献花的不要老是叫干部的

孩子，今后，这类活动也要考虑工农子弟。

影片资料：中央领导在十三陵劳动，刘少奇打夯。

王丹凤画外朗诵：当年，中央领导来到十三陵工地，

少奇同志与民工一起筑坝修堤，/他参加打夯小组，

夯起夯落，与人民步调一致，同心协力。

王丹凤：当年，公共汽车背着气包行驶，/少奇同志见了，心中万分

焦急，他最先来到大庆油田视察，/茫茫荒野印下了他的足

迹。

老　师：当年，就在我们这个活动室里，/发生了一件振奋人心的喜

事，（化）照片：刘少奇和孩子们在一起少奇同志来到小朋

友们中间，/为孩子们留下一段幸福的记忆 。

孩子们：亲爱的老师呵，/请你告诉我们。

如今，刘少奇爷爷他在那里？

老　师：亲爱的小朋友呵，/该怎样回答你们的问题，

我的回答呵，包含着无限的辛酸和痛惜。

王丹凤：要不是十年混乱，/少奇同志怎么会被迫搬出中南海，

要不是十年浩劫，/国家主席怎么会突然与人民隔断信息。

历史真相终于大白于天下，/真理的光辉已洒遍神州大地，

我党最大的冤案平反昭雪了，

无产阶级革命家的称号永远属于少奇同志。

亲爱的小朋友呵，/我只能这样回答你们，

如今，少奇同志正和毛泽东主席、朱德委员长在一起，

我只能这样回答你们呵，/亲爱的小朋友们，

如今，少奇同志正和周恩来总理、陈毅同志在一起。

少奇同志虽然离开了我们，/但他永远活在人民中间，

我们要树立远大理想，/为新长征披荆斩棘。

五、报纸：中央全会公报

叠字：《唤一声少奇同志……》

作者：任彦芳　　朗诵者：梁波罗

朗诵者：仿佛是一场恶梦……/终于从恶梦中惊醒：

严冬已经过去，/必然是大地回春。

一次党的中央全会，/一次震动人心的春雷！

我们呼唤一声少奇同志，/灵魂里还在颤动……

这一声春雷，/早滚在亿万人心内！

今天唤一声：少奇同志！/江河里又流入多少热泪！

这是陡涨的春潮呵，/浇得祖国春光更媚……

对着天上的太阳看吧，/不怕它灼得眼痛：
因为光明灿灿，/证实已不在梦中！

您是我们国家的主席，/但我们从不用职务称呼您！
多少年啊，/人人习惯地呼你少奇同志！
不用加什么赞词，/这亲切的称呼/就是一首最美的诗！

真理不畏强权，/荣辱莫看眼前；
功罪人民评说，/定论岂在盖棺？
想"永远健康"的/寿命最短；/尸骨和名字/一同在沙漠
里腐烂；
窃取高位者/虽进了八宝山，/对人民犯下大罪/也要笔笔
清算！
被诬陷为"叛徒"的，/却仍然是共产党员！
纸写的谎言堆如山，/终被真理的阳光戳穿！
　　到头来：铁定的冤案也要推翻！/真理可沉默一时/却不会
沉默永远！

　　唤一声少奇同志，/该怎样把您悼念？
我把浩劫中藏下的一本书/又放到面前……
请重读一下这部书吧，/让人民心明眼亮/去识别谁是共
产党员！
　　加强共产党员的修养吧！
和党同心同德，/抛掉个人的得失恩怨……

为了实现四化/今天哪今天/让我们为这些词汇平反：

共产党员还要"忍辱负重"，/为人民利益也需要"委曲求全"！

尾声：花丛（钢琴前奏）

影片资料：山峦、云海……

歌声：虽然我没有双翼，我多想飞上云头，

到处寻找久别的刘主席，去送上我的问候！

影片资料：刘主席在八大做报告、群众鼓掌二次，最后全体起立……

歌声：刘主席，刘少奇主席！

您千古奇冤得昭雪，英名长在，真理长留，

啊！四化宏图实现时，请您同饮胜利酒，同饮胜利酒！

影片资料：红日在工业化大地升起。

字幕：工作人员表

日期：1980 年 4 月

许诺 2008 年 7 月 1 日整理

第七节　拍摄体会和工作年表（共五篇）

第一篇：

从抓"戏"入手

——电视剧《你是共产党员吗？》拍摄体会

许诺

1981 年三月中旬，我得知排在"五一"播出的电视剧《你是共产党员吗？》将由我执导时，思想上压力颇重。一方面因为我离开电视导演的艺术实践已十年有余，刚回单位，对新的工作环境、人员和技术设备还在了解熟悉之中。在四十余天的时间里，要完成这个剧目摄制，实在太紧迫了。然而，更主要的方面是：怎样才能使反映现实生活、具有社会主义教育意义的作品，为广大观众所接受？这就要做到寓教育于艺术之中，让观众有"戏"可看。因此，要从抓"戏"入手。

这个本子，是编剧黄允根据得奖同名小说改编的，为加强该剧"戏"的成分，我抓住剧本立意和演员体现这两个环节。

该剧的主题，顾名思义就是：在新的历史时期，怎样才是一个合格的共产党员？最高任务是歌颂一个我党培养的、在任何情况下都用自己的言行，实践党员誓言的优秀干部形象。该剧的戏剧冲突，是通过秉公办事的铁路局长刘大山和徇私的分局长白帆，这一对生死之交的老战友，在重新处理白塔站撞车事故这一事件上展开的。

按常规，一剧之始，不外乎介绍人物和安排冲突伏线。为了紧扣主题，在第一段戏"局长复职上任"中，开门见山地推出对"白塔事故"的"揭发与掩盖"这一对矛盾：上班前，局长未到，"信"已来；白帆在家忙着给周秘书打电话，示意"下属写的揭发信情况不实，他

已处理了"。周秘书会意，扣了信。接下来，通过两组平行发展的戏，介绍主人公和其他有关人物：刘大山上班途中回忆南下时，上级用"你是共产党员吗？"说服他从前线转去接管铁路……上班中他拒绝秘书的特殊照顾，并和他约法三章：不奉承、不瞒哄、不搞特权；在医院通过群众对局长的介绍，突出刘大山对错误毫不留情，严格火暴的个性，为全剧置下悬念。为了使次要人物的戏，不游离于主要冲突之外，要对"揭发信"这个导火线的细节作反复强调，通过它引出第二线的互相对立的人物。如：打字员小林向周秘书打听"揭发信"；白帆的女儿婷婷和男友——白塔站站长、"白塔事故"的主要肇事者——肖兵在约会中提到"有人揭发什么事故"。通过这些正面的和其他角度的隐约性涉及"揭发信"，使这一冲突贯穿在看似为了介绍人物的"无关紧要"的戏中，从而形成一种山雨欲来之势，为全剧冲突的发展作了准备。

第二段戏"调查事故"，是从打字员小林（扳道员的外孙女）单刀直入地问刘大山："白塔站扳道员写来的揭发信，你为什么不理？"展开的。这引起刘的重视，向周秘书查信，派调查组调查"白塔事故"，了解到扳道员老吕所反映的白帆为保分局红旗，包庇肖兵，隐瞒撞车事故，并且大事化小，骗取当月奖金的情况。还了解到白帆两次扣压了老吕的揭发信，肖兵为此在工作上刁难老吕，并且停发了老吕的补助费。刘大山在晚饭桌上严厉地批评了白帆，白不服，两位老战友喝了一顿"崩酒"，白帆掼纱帽而去，使矛盾进一步展开。

第三段戏"重新处理事故"，使矛盾深化。在党委会上，刘大山不因白帆是老先进，在战争年代救过自己的命，又同关在"牛棚"而姑息他；也不因党委个别负责同志见他们是老战友、老同志，可从轻

发落而徇私。他作出了"白帆记大过，肖兵撤职，扳道员吕久才表扬，发给奖金，通报全局"的决定。

第四段戏从见吕久才开始，通过刘大山与妻子的责备、肖兵上门送礼求情、白帆躺倒不干三组戏，把全剧推向高潮——"三杯酒"，高潮点落在白帆独自碰杯喝酒上，以表示他的悔悟，矛盾解决。

最后，刘大山以坚定的步伐在铁路线上行进，作为尾声。

在戏的处理上，为了形象地体现刘、白生死与共的关系，加强生活气息，减少说教味，特意安排了五次由小到大，由轻松到严肃直至感人肺腑的喝酒场面，我分别给它们定了名：

"别酒"——刘大山调铁路战线，和白帆战地分别；

"贺酒"——白帆祝贺刘大山复职任铁路局长，为俩人的战斗友谊干杯；

"崩酒"——白帆居功自傲，不服刘的批评，掼纱帽拂袖而去；

"闷酒"——刘大山因白帆托病缺席党委会，正考虑如何帮助他，老伴因他得罪了救过命的老战友而责难他；

"和酒"——刘大山登门看望思想不通，"生病"的白帆，遭到白的冷淡。最后刘充满激情，语重心长地独饮三杯酒："祝你早日恢复健康！祝祖国早日繁荣富强！你是共产党员吗？我相信当年介绍你入党没错……"放下酒杯离去，当他在门外回身看白帆时，只见白泪流满面，颤抖的手举杯，在刘刚放下的杯子上，碰了一下，一饮而尽。刘回身欣慰地自语："他不是榆木疙瘩！"离开了白的家门，含蓄地表示白帆醒悟，矛盾解决。

为了使戏集中，我删去了与主线关系不大的刘大山关心女职工婚事的这个侧面；改变了肖兵的结局，使他转化；渲染了"三杯酒"，

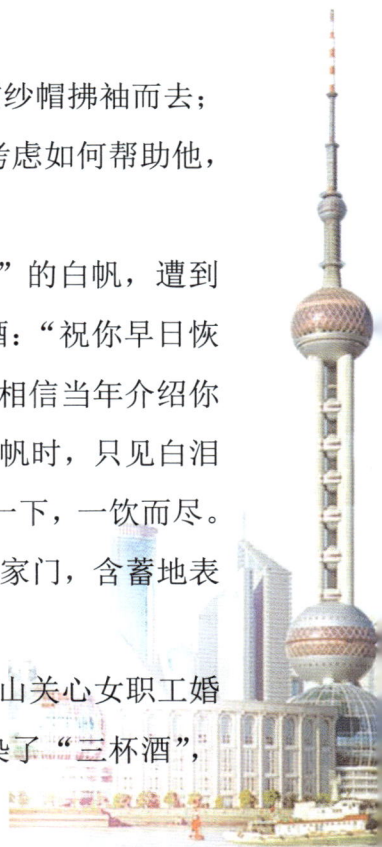

形成全剧高潮，为白帆的转变创造条件，使刘大山形象深刻感人。

演员是剧本的主题、人物性格、戏剧冲突的直接体现者。观众在屏幕上看到的是由演员塑造的人物形象。因此，演员的好坏比之剧本的优劣对剧目的成败具有相等的或超出的重要作用。可喜的是我和演员们对剧本的解释和表现手法上取得了共同的语言和共识，在人物思想性格方面作了几个区分：刘大山的疾恶如仇、直言不讳同简单粗暴、性格化的口头禅（"乱弹琴"）同骂人要严格区分；白帆的好大喜功、姑息错误同思想品质问题要严格区分；秘书周韬、站长肖兵身上不同程度的不正之风同世故圆滑、投机取巧要严格区分。这些都与矛盾的发展转化有关，否则会概念化、脸谱化，影响戏的真实感。

全剧比较感人的是刘大山和吕久才见面和"三杯酒"这两场戏。扳道员吕久才，因为"揭发信"在全剧不断被提及，可其人的出现仅两次。一次是调查事故中的穿插介绍，一次便是受局长召见。这两场戏由于原作感人的几笔，使我们不忍割舍。老吕的出场像一位老兵对自己信赖尊敬的指挥员一样，庄严地行了个举手礼。局长像见到老朋友一样，上前紧握他的手，两个忠于党的事业刚正不阿的共产党员的心融在一起。激动得闪着泪花的老吕，光说出一句质朴的话："我就是相信我们的党……"两人促膝谈心，像亲兄弟一样。当最后刘大山为吕联系招待所，对方问是那一级干部时，老吕说："工人呗！"刘大山回答："是我的上级！"给我们展示了人民公仆的生动形象。

"三杯酒"一场戏是和演员共同讨论而产生的，原来"一杯酒"就解决问题，太简单。加上大段说教式的词又太枯燥，高潮如果上不去，全剧就会逊色。只得停机用一个通宵的时间，与演摄人员重新讨论剧本，边议边排，反复对戏，逐段定稿，人物的脉络清楚了，戏对

了，拍出来就感人了。

我体会：以导演为中心，即是由导演组织全体人员，发扬艺术民主，调动集体的创造力，集思广益，共同完成全剧的最高任务。电视剧也是一门综合艺术，如果没有各个工种发挥主观能动性，密切配合、全力以赴，协同作战，不可能在 42 天中完成 54 个工作日的任务。离开了集体，任何个人是无能为力的。

1981 年 8 月 26 日于青海路

2013 年 7 月 24 日整理

[注]该文曾发表在：

1、上海广播事业局内部刊物《广播电视业务》1981 年第 9 期（总第 38 期）；

2、中国文联出版公司 1986 年 3 月出版，丁浪编

　　获奖文艺家谈获奖作品丛书

《电视剧的足迹》，新华书店北京发行所发行。

电视剧《你是共产党员吗？》剧照

老骥伏枥肝胆如镜

——电视剧《你是共产党员吗？》观感

天津造纸四厂保健站　　吴国玺

恩格斯讲过：如果各个人物用更加对立的方式区别得到更加鲜明些，剧本的思想内容是不会受到损害的。上海电视台录制的电视剧《你是共产党员吗？》就是用对立的方法把刘大山和白帆这一对在战场上同生共死的老战友各自的工作态度、革命意志和道德情操，都做了鲜明的截然迥异的对比。就我们今天的现实来讲，刘大山式的共产党员确大有人在，而白帆式的人物更不乏其人。戏，一直围绕着对白帆隐瞒白塔事故的不同认识，以及处分白帆所引起的各种各样反映而展开、演化，编导又以回忆的艺术手法加以烘托、渲染，情景并茂，自始至终，牵动着观众的感情。

刘大山是一位耿直坦率，坚持原则的老同志。他重视老工人吕久才的揭发，为了弄清撞车真相，他派了一个特别调查组去现场调查，由此可见，刘大山是一位很讲究工作方法、重调查研究的实干家；与此相反，白帆却敷衍塞责，是主观为自己、客观为别人的时代落伍者。

讨论处分白帆等人的党委会分两步进行，上半部由调查组报告事故经过和后果，后半部讨论处理意见。中间休息时委员们对白帆的前途议论纷纷，在此关键时刻，编导另辟蹊径，巧妙地利用了意识流的技巧，为本剧增辉不少。战斗的洗礼，严峻岁月的考验，使这位出身于戎马生涯的刘大山，变得遇事更加冷静，也更加深沉内向了。他虽然在庭院中来回踱步，心中却涌起了不少思绪，思维也插上了联想的

翅膀，把记忆回溯到了那遥远的年代：在那炮火纷飞的东北战场上，他受伤后，处于极其危险的时刻，是白帆独自一个人救了他的命；一块转业三十年来，又共同战斗在千里铁路线上；在凄苦风雨在十年动乱中，他与白帆共蹲过"牛棚"；养女向刘大妈哭诉母亲在文革中的惨死！这死，正是对林彪、江青反革命集团摧残白帆的幸福家庭的彻底揭露和血泪控诉……刘大山每回顾一段历史、一个问题，都停顿片刻，从他的面部表情上可以看得出进行了激烈的思想斗争。他知道，如果他顾全老战友的面子，把问题敷衍过去，党的威信就会降低，将来的工作就不好办；反之，他照章办事，又一定会引起白帆父女的不满和老伴的责难。他权衡利弊得失之后，旗帜鲜明地亮出了自己的观点：肖兵撤职（白帆未来的女婿），白帆记大过，奖旗奖金收回。刘大山不徇私情，维护党纪国法，在千里铁路线上传为佳话。剧情从四十年代延续到七十年代，时间跨度达几十年，剧中把往事和现实以及复杂的人物内心活动串联得十分得体，形成了一个完整的艺术整体，珠联璧合、相映生辉，这就是意识流在剧中的绝妙作用。

至于刘大山最后去探视"患病"的白帆，那是革命人情的升华和战友的感情驱使。编导这样处理刘、白之间的关系，是忠实于生活的写照。这又从另一个角度揭示了刘大山这个人既讲原则性、又富人情味。

《你是共产党员吗？》是个较好的电视剧。刘大山老骥伏枥，肝胆如镜，是优秀的老共产党员的典型。因此，其现实意义和潜移默化之功都是不能低估的。

刘大山没有干出惊天动地的伟绩，而做了一个领导干部应该做的工作，尽了一个共产党员对党的事业应尽的责任。这个电视剧为什么

会在观众中引起强烈反响，刘大山为什么在观众中堪称最可爱的人物呢？我认为：

1）剧中所展示的刘大山和白帆的性格与我们现实生活中的一些老同志的作为基本上相符。同时，剧中刘、白形象的塑造较之我们真实生活中的老同志更鲜明、更突出、更饱满、更富教育意义；

2）作为党员领导干部，重返工作岗位后，是像刘大山一样为党分忧、为民谋益、为了夺回被林彪、"四人帮"耽误的时间而拼命干"四化"，还是像白帆一样把历史当做向人民讨取个人享乐的资本呢？本剧作了直接的、正面的、详细的回答，观众欢迎这样的回答；

3）中央三令五申，领导干部不准搞特权和不正之风，可是，一些干部，尤其是一部分党员领导干部却不以身作则，甚至起了坏的作用。诸如，在知识（待业）青年选调、住房分配、高考招生、贪污受贿……诸如此类问题上，某些干部的不正之风，在人民群众中造成了极坏的影响。

观众喜欢刘大山这个朴素无华的老同志，欣赏刘大山的工作作风，是因为他党性强、风格高，平易近人、不摆官架子。他请求左右逢源的周秘书帮助他不搞特权，他把一套高级住房让给了一位八口四代同堂居住的老工人。试问，这样的领导怎么不会取得人民群众的信任和拥护呢？从刘大山身上，观众看到了我们党的伟大、国家的未来。这是有社会意义的。

电视剧向我们广大的电视观众提出一个值得深思的问题：你看完剧后有何感想？对照一下剧中人，你像坚持原则、不知疲倦的刘大山，还是像欺上瞒下、趑趄不前的白帆呢？特别是那些热衷于搞特权的人，更值得对照对照自己，亡羊补牢，犹未为晚，应该从剧中吸取积极健

康的东西。

电视剧是随着电视的发展而迅速兴起的一种专门艺术，它是继戏剧、电影之后兴起的新的艺术品种。从发展的眼光看，它有压到和超过戏剧、电影之势。《你是共产党员吗？》等一批优秀的电视剧的出现，是可喜的，值得道贺的。

(1981.7 看到此观众来信。 2013.6 整理)

[注]该文曾发表于：
上海广播事业局内部刊物《广播电视业务》1981 年第 9 期（总第 38 期）；

第三篇：

谈戏曲电视剧

1986 年 10 月在上海戏剧学院戏曲导演班讲授提纲
许诺

一、引言：戏曲不会消亡

我国的戏曲历史自唐朝参军戏始，至今已有 1200 余年历史。宋元杂剧、明清传奇、到京剧在 1796 年兴起，也有近 200 年的历史。解放以来，在戏曲改革上取得了很大的成绩，随着国家的政治稳定、经济繁荣，必定在继承传统的基础上，出现新人、新作，产生更新的发展。

1934 年梅兰芳访问苏联时，著名电影导演爱森斯坦说："传统的中国戏剧，必须保存和发展，因为它是中国戏剧艺术的基础，我们必须研究和分析，将它的规律，系统地加以整理，这是学者和戏剧界的

宝贵事业。"

世界上只要国家、民族、人民还存在，代表其民族特点、地方特色的戏剧样式就不会消亡。我国的戏曲工作者一定会在戏曲改革、发展上作出新的贡献。电视的普及，不会取代任何艺术样式，相反，她会在艺术事业的繁荣发展上，起到推动、促进作用，并在此基础上又发展、完善电视艺术本身。

二、中国的传统戏剧——戏曲，历来是能和先进的传播工具结缘的：

1895年法国卢米埃尔兄弟发明电影，首次放映十年后，1905年（即光绪31年），我国第一部电影由北京琉璃厂丰泰照相馆拍摄，内容就是谭鑫培的《定军山》耍刀片段；俞菊笙、朱文英的《青石山》"对刀"一折；俞振庭（俞菊笙之子）的《白水滩》、《金钱豹》这两段。同样，中国最早的唱片也是戏曲，由谭鑫培演唱的京剧。

1920年，梅兰芳拍第一部无声字幕影片《春香闹学》，由商务印书馆电影部拍摄。内景搭景片用真实桌椅道具，幕间用花园实景，在京、沪等大城市放映，发行到南洋，很受观众欢迎。

1923年，美国电影公司拍的中国影片也是戏曲，在露天拍摄。

1924年，拍《黛玉葬花》，就在北京东四九条清谟贝子（奕谟）府实地取景，充作大观园的一角。

1929年，第一部有声影片是谭富英的《四郎探母》，尝试仿真婴儿啼哭、马嘶声。

1930年孙渝导演的电影《故都春梦》中穿插的看戏镜头，就是用梅兰芳《别姬》中舞剑的资料片，配"夜深沉"唱片扩音配舞。

在有声电影片初期，梅兰芳的表演艺术对美国电影界有很大的影

响，他们认为中国戏曲适合有声电影歌舞片的发展。梅兰芳在接受派拉蒙电影公司拍片要求时表示："……我的志愿是以此贡献给中国边远地区城镇居民，好让他们有机会欣赏本国的古典戏剧，一个演员就是消磨了终身的岁月，也不能够周游中国境内960万平方公里来表演他的艺术……"（录自梅兰芳著《我的电影生活》第31页）

无论钢丝录音、磁带录音，到今天的立体声录音，戏曲仍是群众不可缺少的精神食粮。

戏曲从广场艺术进入剧场，发展为舞台艺术，又随着电视事业的兴起，通过电视机进入每个家庭，也是势所必然。戏曲电视片、电视剧的发展是戏曲艺术和新的传播工具结缘的又一新的形式。

三、电视戏曲的不同样式：

1、实况转播（录像）：演出和收看的同时性，具有新闻时效，电视观众和剧场观众异地，甚至全球同时欣赏。

2、戏曲专题：如梅兰芳、俞振飞专辑，流派演唱介绍等，欣赏性与知识性相结合，可以做到深入浅出。

3、电视戏曲片：经加工后的戏曲舞台艺术片，可以与电影的此类艺术片并驾齐驱。制作时间和资金投入更具优势。

4、戏曲电视剧：根据电视特点创作和采用舞台剧本，按电视要求进行改编成具有戏曲、电视两方面特性的电视剧。

四、《璇子》的总体构思：

1、作为电视沪剧连续剧，顾名思义，就必须包含：电视特点、沪剧特色、连续的形式这三个特性。

2、要使它在原有基础上有个较大的突破和提高，我提的纲领性要求是："保留精华、深化主题、冲出舞台、走上屏幕。"

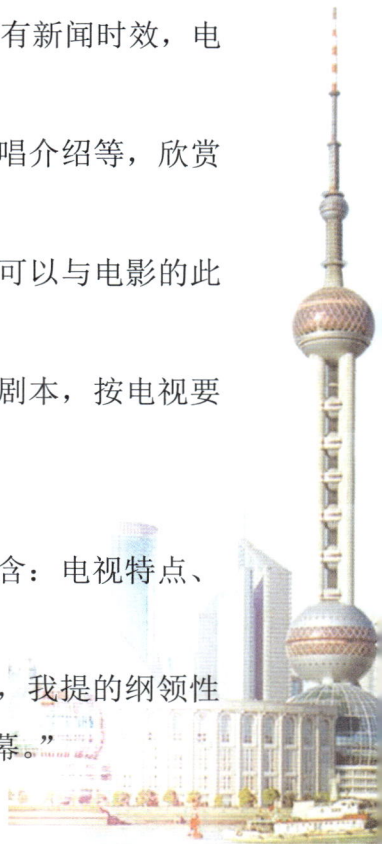

3、风格样式：根据戏曲特点和观众的欣赏习惯，运用"主题歌"贯串全剧始终，每集开始介绍前集事件梗概，结尾留有悬念，犹如说书以"话说……"起，"且听下回分解"而终。结构：正叙章回体。

4、具体处理抓住四个环节：剧本的连续性、造型的典型性、音乐的统一性、表演的真实性。（例子从略。）

五、《梁祝》探索课题：

越剧《梁山伯与祝英台》是由民间传说改编的具有浪漫主义色彩的抒情古典悲剧，每集以叙事旁唱作开始、结尾及穿插，渲染其民间传说的特性。

我在执导拍摄该剧时，试图解决两个较大的在戏曲片中不可避免的课题。

1、文学描述性唱词的随意性和现实环境（拍摄场景）的矛盾。

我的解决方法：运用唱词的内容作为场景的意境与氛围；用人、景前后错位表现法（不使声画对位），避免"看图识字"。

2、舞台程式的虚拟性与实景拍摄的写实性的矛盾。

舞台程式是戏曲表演艺术家，根据现实生活提炼加以美化的表现手法，凝聚了多少代艺人的创造性劳动。但，我既不能全部照搬，又不能一概舍弃，如能与实景结合，合理地运用，会更加优美动人。

该剧中大量的运用了与实景结合的"亮相"、"圆场"、"台步"、"上楼下楼"、"扑蝶"、"饮酒"、"水袖"等程式，并不感到虚假。关键在于要使来自生活的程式，回到生活中再现，使之具有新的生命力。在此基础上，还可以创造更多适合于电视的新的表现手法，这样电视与戏曲的结缘，不仅丰富了电视艺术，也发展了戏曲艺术，使戏曲电视剧形成独立的艺术品种，让这个具有中国民族特点的戏剧艺术得到广

泛的传播。

王国维说:"元曲之佳处何在?一言以蔽之,曰:自然而已矣……"。"何以谓之有意境?曰:写情则沁人心脾,写景则在人耳目,述事则如其口出是也。"(录自陈多、叶长海选注《中国历代剧论选注》446、447 页)这些原理对于电视艺术与戏曲艺术,不都是一致的吗?

2013 年 6 月　整理

第四篇:

探索传统戏曲与电视的结合

——在第五届中国戏曲电视剧"黄河奖"评奖会上暨
第二届戏曲电视剧理论研讨会上的发言(1987 年 3 月 24 日)
许诺

使我国传统的戏曲艺术和现代的传播工具——电视相结合,是我们电视文艺工作者,崇高而有意义的使命。这不仅能把具有不同地方特色的剧种,送到千家万户,呈现在亿万观众面前,丰富人民的文化生活;还可以使传统的精湛技艺得到保留、发展和提高,使之后继有人,源远流长。

戏曲电视剧,就是戏曲艺术和电视相结合的产物。它是我国电视剧民族化的一个重要组成部分。

如何拍好戏曲电视剧?我认为一味盲目追求现代手法,全部丢弃戏曲特征的创作方法是不可取的;而全盘保留戏曲的舞台表现形式,

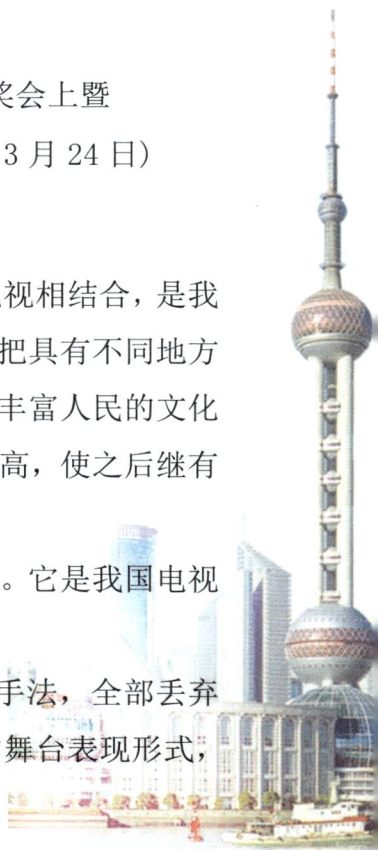

则与电视的体现手段不相适应。因此，戏曲的表现形式和电视的体现手段完美的结合，是戏曲电视剧这一艺术门类，需要重点探索的课题。

下面我谈谈在导演越剧电视连续剧《梁山伯与祝英台》的过程中，对这一课题的探索。

剧本的改编

传统剧目凝聚了前辈艺术家的心血，应该采取慎重对待的态度。在与编剧徐进同志研究改编《梁祝》时谈到，我的目的要使它区别于舞台、电影，具有戏曲的、电视的、传统的特点，形成戏曲电视剧自己特有的个性。对待剧本，在保留原作精华的基础上进行丰富、发展、和再创造，充分发挥电视的优势，使古老的传统剧目出新。这些意见得到他的赞同和支持。

一、采用符合我国欣赏习惯的章回小说、折子戏的方法来给戏曲电视剧分集。

吸取、发挥原剧叙事性伴唱，犹如第三人称旁白，在每集的头、尾和场面出现，作为段落，分集的时间过渡，这既发挥了电视特点，又体现了这部由民间传说演变而成的戏曲电视剧，具有浪漫主义色彩的抒情悲剧的叙事性风格。

在"十八相送"、"送兄"等唱段中，有不少描述环境的唱词，具有说唱文学的特点，一段词一个场景，处理不好，容易形成"看图识字"。但是，如能在不利中找到有利因素，取其意境，避免图解，就能走出一条发展自己戏曲电视剧的路来。例如："走过五里青松岭。前面就是草桥亭"。这本身就是很简练的转换场景的"语言蒙太奇"。我用画外唱配空镜头（为避图解千万不要用实体"青松林"）摇到草桥亭，人物入画，就完成了两个场景的转换。这样，就能使一些在群众中广为流传，脍炙人口的唱段得以保留。

二、戏曲电视剧应着力加强人物、剧情发展的合理性、形象性。

在"乔装求学"中，原剧写了英台羡慕别人去杭城读书，乔装测字先生，其父被骗过，只得同意她去。现在戏一开始，镜头从闺房内花木兰绘画条幅拉出，英台在孜孜细读《木兰词》；为求学装病，请来自己乔装的算命先生算卦、高谈花木兰、蔡文姬等留名千古的一代才女，以此劝说祝父同意。突出强调英台要做花木兰式有志女子的求学动机，并刻画了她聪颖活泼的性格。

关于梁祝情谊的发展，原剧比较简练，书房共读后，唱一段"匆匆过了三长载"（电影配了一组春夏秋冬空镜头过渡），英台托媒，师母就唱："师母心里早明白"。电视处理时，希望在不多增戏的情况下，用形象作些充实。我用四段伴唱，结合四季变化，把梁祝感情发展的戏与有关细节交织在一起，进行铺垫——

"春"，梁祝溪边共读，梁代祝提水，祝感激，情不自禁地露出女相，攀摘桃花回敬，被师母偶然看见顿生疑窦，银心提醒祝，祝忙收敛掩饰。

"夏"，书房梁读祝写，梁发现祝的耳环痕，并交代祝的玉扇坠。

"秋"，师生共度中秋，梁代祝饮酒，二人赏月下棋，见秋凉，梁为祝披衣。

"冬"，祝雪中画梅，师母为试探，请其共选花样，祝在配花线时露出女态，看到师母神情忙掩饰。

经此铺垫到三载过，父催归，英台托媒，"师母心里早明白"，以及"相送"时，祝对梁的种种暗示，就有可信合理的基础了。

"楼台会"中英台唱"爹爹饮过马家酒"，这是决定梁祝命运的重要情节。所以在"访祝"前增加了祝父见马文才、送聘礼、换庚帖、吃定亲酒的形象铺垫。满心欢喜的山伯，在楼台受到意想不到的打击

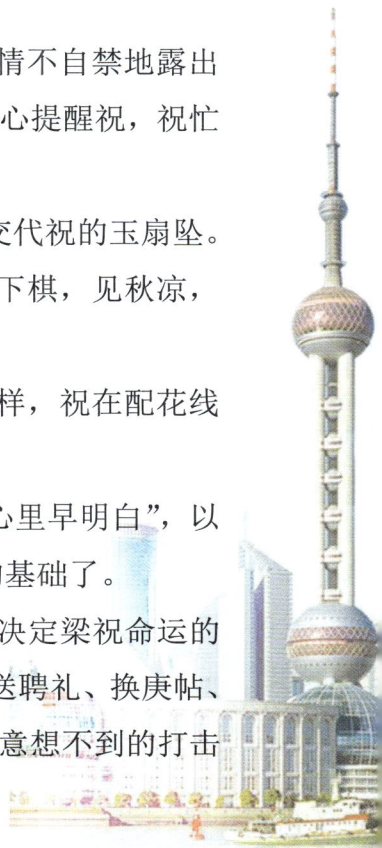

后，增加他痛饮苦酒一节，继而吐血带病郁郁而归。

迎亲队伍的喜庆场面，与山伯病危临终的气氛相对比；张灯结彩与刻墓碑交替出现……等艺术形象的渲染，加深揭示封建婚姻制度导致梁祝悲剧的罪恶。

关于"逼嫁"中，祝父的处理。演员和我都感到以往祝父以封建阶级代表人物面貌出现，和女儿形成对立面的概念化处理，缺乏人情味。花轿临门，英台拒不上轿，父亲一味训斥、责骂是无济于事的。现在是：喜乐阵阵催逼，在封建道德观念支配下的祝父，为了家庭和女儿的名誉，劝慰、哀求、直至对女儿跪下，而英台决意殉情，在答应上轿的同时，提出祭坟，含泪拜父诀别。突出父女之情，比简单训逼更感人，使悲剧成分更加深刻、感人。

三、重要道具"玉扇坠"的合理贯串。

这个道具在原剧中有呼之即来之感，为使它能贯串全剧，我们花了不少脑筋：在英台求学装病时，一对玉扇坠挂在帐内，不引人注目地首次亮相；第二次，书房共读时，梁为祝打扇时发现，祝要送他，梁言："不能夺人之好"。

两次铺垫后，英台用它托媒。师母交山伯，山伯访祝途中喜滋滋地取出看，不许四九碰。英台在帐内看着另一只玉扇坠思念山伯。

"楼台会"二人分别时，山伯悄然留下这个定情物，英台在窗前遥望山伯抱病乘一叶孤舟远去时，手触扇坠发现人去物留，颤抖的手举起扇坠……表达了她难以言表的痛苦心情。

梁母来向英台传信时，英台把一对玉扇坠和青丝一起交给梁母带回，表达了她对山伯的一片钟情；山伯临终时，悲痛地举起一对玉扇坠："雪白蝴蝶玉扇坠……蝴蝶枉自成双对。"凄怆而逝。

重要道具合理贯串反复出现，用无声的语言传递、激发主人公的

喜、乐、哀、愁。

虚实关系

在实景中拍摄古装戏曲电视剧，如何处理虚实关系？艺术的真实不等于生活的真实，在戏曲中要求更加典型、精炼。《梁祝》是一部具有浪漫主义色彩的抒情悲剧，要采用实景中的写意手法，体现诗情画意、情景交融、国画式的古典美造型。如：片头、片尾中梁祝"化蝶"后的"飞天"造型；演职员表衬底设计成国画轴形式，画幅选用剧中活动画面镶嵌。

将剧中不同场景出现的背景人物，安排在剧情所需的典型环境中，是为烘托意境而设置的活动点缀：码头登船的众书生、砍樵夫妇、放鹅女孩、垂钓渔翁、牛背上的吹笛牧童、水中鸳鸯、书院内来回吟读的书生……，他们都是主人公活动环境内的"气氛"，是与主人公相交融的"情景"，是写意性的实物，但不喧宾夺主。主人公看到这些景物后产生联想，有感而发才合乎情理，观众先看到画面，再听唱就自然贴切。如果唱鸳鸯插个鸳鸯画面，唱白鹅出个白鹅画面，这种"实景"，只能称之为"看图识字"。

电视剧中将祝家庄到草桥亭设置一条水路，是考虑再三的。"十八相送"的规定情景，剧中人物是挑担步行，如用车、马、轿代步就会大煞风景。为了丰富剧中人的活动场景，充分体现江南有山有水的优美景色，国画中的"江上泛舟"是不可少的。由此假设从祝家庄到草桥亭是水路，然后行十八里路到杭城。

英台在家见众书生在码头上船去杭城是铺垫，她乔装求学与丫环银心也在此登舟，空镜头摇到草桥亭，二人进亭歇息与山伯、四九相遇"草桥结拜"；"十八相送"到草桥亭，英台亲口许九妹，在伴唱"万望梁兄再点来"中，祝依依惜别上船，梁在亭边远送；"回十八"时

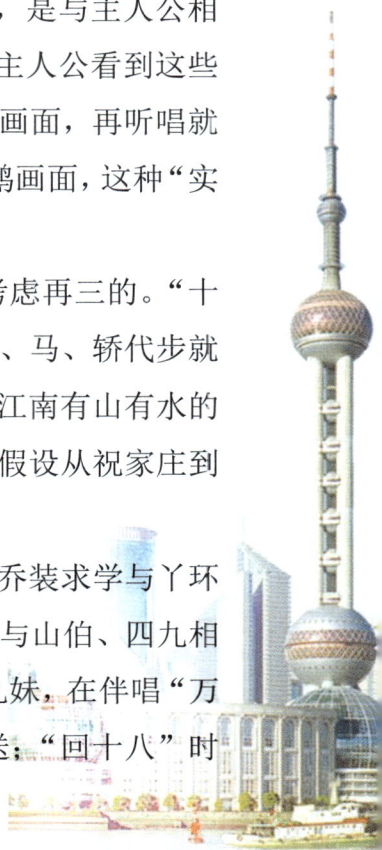

梁山伯"访祝"兴冲冲经草桥亭飞舟而来;"楼台会"后祝英台悲凄凄,在楼台望山伯乘一叶孤舟抱病而归!

同一山水,同一小舟它能和着乐曲,随人物心绪的起落跌宕,将喜悦或悲怆的氛围,溶于优美的声色造型之中。正如王国维所说:"何以谓之有意境?曰:写情则沁人心脾,写景则在人耳目,述事则如其口出是也。"(录自陈多、叶长海选注《中国历代剧论选注》447页)

在此想澄清一个概念:即常听说拍戏曲电视剧要解决"虚实结合"一词,这个提法只能作为习惯用语,而作为学术用词就不够科学准确。因为在文学、绘画等各个艺术门类中,都有个"虚"与"实"的问题。对于戏曲中的虚拟与实景的矛盾,我认为可称"戏曲舞台的假定性"与"电视屏幕的假定性",因二者有别,所以要采取不同的表现手段。无论舞台和屏幕的"假定性"都要有:演员活动环境、观众视点、接受习惯三个构成条件。

传统戏曲舞台上的环境,一桌二椅,似乎是不变的,但通过演员的表演使它代表各种假定场景;电视屏幕中的变换场景,也是根据剧情的需要,设计搭建或选用相似的实景替代的假定场景。

剧场观众是在平面、半圆或是环形角度直观戏剧的;而电视则是以镜头多角度变化视点的画面给予观众的,它是立体间接的。

剧场观众的欣赏习惯,认可各种虚拟的表演,和用实物替代的假定行为,如用椅子当窑洞门的拟真表演;而在屏幕的实景里,观众不认可这种拟真行为,但电视观众接受在实景中演员用虚拟的扑蝶动作和真蝴蝶飞舞的镜头相组接,也认可通过镜头视角将木板桥形成独木桥,演员在上面做走独木桥的惊慌动作,这种拟真效果是屏幕假定性产生的。

因此对这两种为艺术服务的假定性,不是简单用"虚"、"实"二

字能够概括的。

程式的运用

戏曲程式是戏曲表演艺术家们，对生活动作进行提炼、美化、规范后的表现手法。在实景中不宜照搬虚拟的及单纯耍技巧性的动作。但在戏曲电视剧中，为了体现戏曲特点，我主张尽可能自然合理地运用程式，给予它充分发挥的机会，结合环境和道具，还可以创造出新的程式。

电影、电视剧都很讲究主人公的第一次出场，戏曲电视剧中的"亮相"，也是这个含义，在实景中同样可以借助树丛、花枝、门帘、扇子等展现。如：银心见到祝家客厅里的山伯，在空中亮了个手势，以示"发现"（是舞台上向观众交代性的表演），我让演员在门柱旁扶柱"发现"，使"手势"找到了依据和支撑点，演员的戏没改动，但达到了同样的效果。这些源于生活的程式，结合实景再体现，我称之为"程式的还原再现"，赋予新生命力的"程式"，不是舍弃，而是发展。

如：山伯进祝家客厅，侧身撩袍偏腿跨入门槛（是真的门槛），不同于舞台低头提腿（象征性的跨门槛），比生活中随便迈入优美多了。

电视剧在遇到有小道具的程式，如：喝茶、倒酒、划船等，动作与舞台一样：拿起茶杯盖、拨茶沫、吹水，不同的是有水与无水，台下观众对杯中有水无水并不介意，而镜头前对着空杯瞎喝一气，观众就会出戏。"楼台会"中英台悲痛地为山伯斟酒，如果拿个舞台用的木酒壶，或是真酒壶却倒不出酒来，岂不干扰了戏？如果山伯用颤抖的手，拿起满溢的酒杯含泪而饮，怎能不打动人心？！

"水袖"。拂袖而去，代表生气；长袖垂落在地是人物失望痛苦的形态。在英台"祭墓"时，根据实景条件改去"跪步"，请演员发

179

挥水袖的作用：英台掀开轿帘一见山伯坟碑，凄厉的一声："梁兄啊！"丢弃凤冠，扬起水袖，几经跌扑奔上坟台，紧抱坟碑徐徐下滑……，给人一种扑天抢地、哀声呼号、悲痛欲绝的感受。

"圆场"。在戏曲中也不仅指原地兜圈。演员在舞台上走圆场是一种长途跋涉、变换场景的表现手法。实景中场景开阔，当然不必原地兜圈。当英台得知山伯来访，迈着碎步"圆场"，衣裙摆动、水袖飘逸、身形优美、飞也似地穿过庭院直奔客房，体现了一个少女想与情人见面的急迫心情。又如：当山伯知道英台是女孩自作媒后，急喊四九整行装："匆匆前往，祝家庄上访英台"，演员运用洒脱的快步"圆场"，经过回廊到书房，拿起门贴急步迈出书院下坡，疾速冲上小石桥，见四九挑担追赶不及，才打开扇子喘息片刻，缓缓下桥："一边走，一边喜……"。这段得到充分展现的"圆场"，将人物内心的兴奋激情、音乐唱腔的起伏节奏和环境的急剧迁移融为一体，舒展酣畅。如果舍弃"圆场"，改用生活中的小跑步，山伯的形象便不是潇洒动人，而是狼狈不堪了，因为生活的真实不是艺术的真实。

由此可见，戏曲电视剧在实景拍摄中，自然合理地运用程式，不仅没有破坏程式的优美，相反发挥和发展了优美的程式；而程式不仅没有破坏电视剧的真实，反而加强了电视艺术的真实感。问题在于不能"程式化"——生搬硬套，刻板僵化。梅兰芳、程艳秋等艺术大师，在拍电影时，为了使用织布机、纺车，精心设计优美的表现形式，这种不断改进、发展程式的精神，是我们拍摄戏曲电视剧的楷模。程式在电视艺术中的合理运用和发展，其审美价值是不可轻视和无法抹杀的。

古老的传统戏曲与现代化的电视结合，不仅丰富了电视艺术，也丰富发展了戏曲艺术，我们要使戏曲电视剧，这个唯中华民族独有的

艺术品种，日益完善，广为流传。

上述探索浅见，供同行们指正。

1987 年 12 月　修整

2013 年 6 月 9 日　整理

第五篇：

那段时间的工作年表

1980 年——1989 年 12 月，本人历任上海电视台导演、文艺科副科长、文艺专题科科长、文艺部导演指导等职；任电视剧制作中心导演。执导拍摄的电视剧和大型综艺节目有以下这些：

1、1981 年 4 月——电视剧《你是共产党员吗？》（单本）。

2、1981 年 7 月——电视小品《美的享受》。

3、1981 年 10 月至 11 月——电视剧《路遇》（单本）。

4、1981 年 11 月至 12 月——电视剧《古运河畔》（单本）。

5、1982 年 2 月至 8 月——沪剧电视连续剧《璇子》（五集）。

6、1983 年 2 月——电视歌会《群星璀璨》（五集）。

7、1983 年 5 月——电视歌会《英蕾缤纷》（六集）。

8、1984 年 3 月——电视艺术片《黄浦江的浪花》。

9、1984 年 6 月至 7 月——《大世界》（第 9 期）《我的中国心——张明敏电视演唱专辑》。

10、1984 年——音乐艺术片《我们相会在海边》（任艺术指导）。

11、1984 年 8 月至 12 月——电视音乐剧《芳草心》（上、下集）。

12、1985 年 2 月至 6 月——电视剧《春归》（上、下集）。

13、1985 年 7 月——电视剧《锁司令回旋曲》（单本）。

14、1985 年 7 月至 86 年 1 月——越剧电视连续剧《梁山伯与祝英台》（AB 组各五集）。

15、1987 年 5 月至 6 月——电视剧《留下深情的爱》（单本）。

16、1988 年 8 月至 9 月——越剧电视连续剧《西厢记》（AB 组各四集）。

17、1988 年 8 月——越剧电视连续剧《汉文皇后》（五集）。

18、1989 年 9 月——中国古典名剧《窦娥冤》（上、下集）。

附相关照片——

《璇子》导演许诺

许诺获金鹰奖后留影及金鹰奖

1984 年许诺（一排右四）在北京获金鹰奖后留影

1987 年许诺（前排左三）担任中国电视长城奖评委与评委们合影

1988 年许诺（二排右二）参加全国电视评奖会议与领导、评委们合影

1988 年许诺（后排右三）参加全国"金三角"电视评奖
会议与领导、评委们合影

第 11 届全国戏曲电视剧评委
参观东方明珠

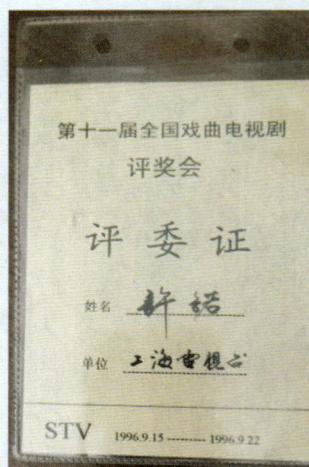

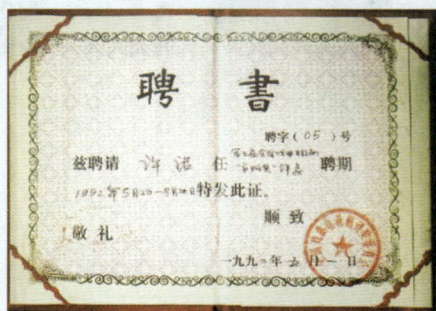

第 11 届全国戏曲电视剧评委证及聘书

第五章　伏枥

（1989 年 12 月离休至今）

第一节　从花甲到古稀的拼搏

我知道自己到 1989 年的 12 月，就要离休了，顿时感到时间的紧迫。这时，我又接受两项拍摄任务。

1989 年 9 月，我接受了执导将中国古典名剧《窦娥冤》拍摄成上、下集电视剧的任务。在 1989 年 11 月到 12 月，我又马不停蹄地受命执导越剧电视剧《李娃传》，而且要做成五集（老演员三集，青年演员两集）。我想在离休之前，用自己的不懈努力，为中国的电视事业添砖加瓦，也留下了一大批艺术大师的弥足珍贵的资料——

虽然我于 1990 年 1 月已光荣地被批准离职休养，荣幸的是，直到 2008 年，我还是录制电视节目的"票友"，我以自己能完成近 600 套节目迎接中国电视 50 华诞而欣喜！

一个门外汉被培养为电视小兵……直到头发灰白，我的青春热血化为电波，消失在人群中……可喜的是，这个老兵的双手还常在导控桌的键盘上跳跃，一帧帧记录艺术工作者（其中不乏艺术大师）成就的珍贵影像资料，随之被保留了下来，刻入了中国乃至世界艺术史的硬盘……。

九十年代初，上海电台开办了有线的《戏剧频道》。由于仓促上马，片源的缺乏、艺术人才的不足、节目艺术质量、技术设备和专业人才缺乏的短板，也很快凸现了出来。在这种背景下，电台《戏剧频道》的负责人戎雪芬请我去该栏目担任艺术指导。许多具有艺术天分

和追求的年轻导演纷纷前来向我请教、学习，后来都变为行业的骨干。我也钟情于电视的综艺事业，认认真真地做好传帮带，这是我的信念，并没有人强迫我去做。当然，由于本人在开拓中国的电视事业上成绩，也是业界及其晚辈特别愿意找我帮忙的原因，从下面我的自己记录的工作表中，就可以看出，我即便离休了，还是忙忙碌碌，还在为中国电视事业出力。

除了原来的工作，我在 2006 年召集渤海文工团老战友来上海团聚，还亲自组稿编撰打印和出版了渤海文工团战友纪事专辑——《悠悠渤海情》，送给各位老战友。并赠给山东滨州党史办，填补了当年战斗过的地方史料的空白。

下面，是我在上海有线电视的《戏剧频道》、或应邀赴其他电视台的帮助工作的记录，展示给大家，作为提供研究上海电视史的资料：

一、1990 年 3 至 1995 年 4 月，执导的电视作品：戏曲电视剧（专辑）6 部 14 集；电视剧 2 部 4 集；儿童电视小品 10 个；人物专题片 1 部。

1、1990 年 3 月至 4 月，执导采茶戏电视剧《桃花运》（单本），南昌电视台出品，获第六届全国戏曲电视剧三等奖。

2、1990 年 6 月，执导电视专辑《从艺六十年——白杨》，《大众电影》社出品。

3、1991 年 12 月，执导《范瑞娟表演艺术集锦》（上、中、下三集），上海电视台出品。

4、1992 年，执导越剧电视剧《真假驸马》（上、下集）。

5、1992 年 7 月，执导电视剧《天天见你面》（上、下集），南昌电视台出品。

6、1992 年 10 月，执导锡剧电视剧《盗棺惊梦》（上、下集；靖江锡剧团演出）。

7、1993 年 3 月，我与沙如荣合作执导越剧电视剧《沈园绝唱》（四集）上海电视台出品。

8、1993 年 6 月，执导越剧电视剧《三刺女皇》（上、下集），宁波电视台出品，获第九届全国戏曲电视剧三等奖。

9、1993 年 9 月至 11 月，执导电视剧《卫士忠魂》（上、下集），福建省纪委、福建武警总队、福建电视台出品。

10、1995 年 4 月，执导少儿电视小品《小不懂》（10 个），荧光艺校出品。

二、1995 年 7 月至 1996 年 11 月；1997 年 1 月至 2001 年 1 月，执导上海有线戏剧频道录制《戏曲教唱》263 集（档）。

1、越剧——

章瑞虹：《梁祝·回十八》、《楼台会》、《孔雀东南飞》、《洞房》、《打金枝》。

单仰萍：《红楼梦·葬花》、《红楼梦·焚稿》、《春香传·年年端阳年年春》。

赵志刚：《沙漠王子·叹月》、《状元打更·打更》、《金榜及第》，《浪荡子·叹钟点》、《王子复仇记·哪个孩儿不爱娘》、《疯人院之恋·夜幕沉》、《唱支山歌给党听》。

金彩风：《盘夫·要到书房问端详》、《官人好比天上月》，《碧玉簪·三盖衣》、《归宁》、《彩楼记·报喜》、《汉文皇后·认弟》。

毕春芳：《三笑·点秋香》、《卖油郎·叹四更》、《红色医生》、《光绪皇帝》、《王老虎抢亲·戏豹》。

张云霞：《貂蝉·拜月》、《引蛇出洞》、《游龙飞凤·抗旨》、《孟丽君·描容》。

傅全香：《梁祝·我家有个小九妹》、《记得草桥两结拜》、《孔雀东南飞·雀盟》。

钱惠丽：《红楼梦·想当初》、《啼笑因缘》。

陈颖：《孔雀东南飞·雀喻》，《断指记》、《赖婚记·今生休想儿过门》、《李娃传·剔目》。

戚雅仙：《迎新曲》、《文姬归汉》、《血手印》、《白蛇传》、《庆"七·一"新编"党旗飘飘永辉煌"》。

萧雅：《莫愁女·游湖》、《一枝梅·认梅》、《盘妻索妻·洞房》、《红楼梦·金玉良缘》。

张国华：《汉文皇后》、《疯人院之恋》、《舞台姐妹》、《孟丽君》。

李金凤：《盘妻索妻·计陷》、《露真》。

周宝奎：《碧玉簪·手心手背都是肉》。

王志萍：《杨开慧·忠魂曲》、《红楼梦·葬花》、《蝴蝶梦·相思曲》、《相聚相散》。

2、沪剧——

茅善玉：《璇子·金丝鸟》、《魂断蓝桥·诀别》。

孙徐春：《昨夜情·为你打开一扇窗》、《庵堂相会·春二三月草青青》。

汪华忠：《芦荡火种·开方》、《伤员颂》，《小巷之花·写遗书》、《姊妹俩·三颗子弹》、《金沙江畔·定要设法把水找》、《董小宛·金殿赞美》。

诸惠琴：《芦荡火种·办喜事》、《金绣娘·饮水思源不忘本》、《大

雷雨·忆君》。

徐俊：《血染姐妹花》、《月朦胧鸟朦胧》、《恩仇箭·恋歌》、《红灯记·壮志凌云》。

陈甦萍：《歌女飘零·狱中自白》、《蝴蝶夫人·年轻姑娘爱春天》、《魂断蓝桥·蓝桥自尽》。

沈惠中：《带血的花·读信》、《母子岭·手拿一支红玫瑰》、《荷包相配人团圆》,《我的故乡新上海》、《江姐·红梅赞》、《迎回一轮红太阳》、《雷雨·雷声隆隆耳边响》。

王盘声：《断线风筝》、《碧落黄泉》、《第二次握手》。

杨飞飞：《妓女泪·千里寻子》。

陈瑜：《返魂香》、《方桥情缘》、《影子》。

张杏声：《风雨同龄人》、《魂断蓝桥·蓝桥思念》、《孔雀胆》、《樱花》。

小筱月珍：《游庵认母·哭像》、《白毛女·北风吹》。

邵滨荪：《星星之火》,与韩玉敏的《杨乃武小白菜·探监》、《写状》。

韩玉敏：《陆雅臣·回娘家》。

3、京剧——

尚长荣、孙花满：戏歌《我是中国人》。

李欣：《上天台》、《将相和》、《粉墨春秋》。

陈朝红：《宇宙锋》、《红娘·传柬》、《佳期》、《霸王别姬》、《玉堂春》。

孙毓敏：《红娘》、《痴梦·忆往事》、《都只为朱买臣》,《杜十娘》、《荀灌娘·荀家世居颍川上》。

小王桂卿：《打严嵩》、《斩经堂》、《追韩信》、《四进士》。

李蔷华：《春闺梦》、《审头刺汤》。

王梦云：《钓金龟·哭灵》。

舒昌钰：《穆桂英挂帅·捧印》、《西皮慢板二六》。

4、昆曲——

梁谷音：《牡丹亭·寻梦》、《孽海记·思凡》、《慈悲愿·认子》、《艳云亭·痴诉》。

计镇华：《长生殿·弹词》。

5、评弹——

秦建国：《梅竹（开篇）》、《庵堂认母》。

沈世华：《情探》、《小飞娥自叹》。

余红仙：《咏梅》、《蝶恋花》、《莺莺拜月》、《柳梦梅拾画》。

周红：《黛玉焚稿》、《红叶题诗》。

6、淮剧——

马秀英：《探寒窑》、《郑巧娇》。《李翠莲·聚宝儿》、《王玉莲·繁星欲坠》。

周芝祥：《白虎堂·河塘搬兵》。

武丽娟：《白虎堂》、《赵五娘》、《穆桂英·听穆瓜报一信》。

陈德林：《驴铃声声留古道》、《赵五娘·十拜》。

黄素萍：《赵五娘》。

7、锡剧——

李桂英：《珍珠塔·赠塔》、《摘石榴》、《拔兰花》、《红花曲》。

小王彬彬：《珍珠塔·荣归》、《跌雪》、《赠塔》、《瞎子阿炳·琴心》。

袁梦娅：《太湖儿女·马山岛》、《小小红豆》、《红花曲·厂门都对天安门》、《二泉映月》。

8、甬剧 ——

柳中心：《杜鹃》、《半把剪刀》。

9、上海说唱——

黄永生：《买药》。

10、未编、未播素材录了 21 集(档)。

剧场实况录象 63 场——

1995 年 10 月 29 日录锡剧《金凤与银燕》。

　　　　11 月 27 日录广州芭蕾舞团演出。

　　　　12 月 4 日录话剧《给我一个男高音》（上戏剧场）。

　　　　12 月 6 日录话剧《春秋魂》。

1996 年 3 月 2 日录锡剧《孔繁森》（常州市锡剧团）。

　　　　3 月 25 日录话剧《艰难时势》（陕西省话剧团）。

　　　　4 月 9 日录昆剧《司马相如》（上海昆剧团，天蟾逸夫）。

　　　　4 月 12 日录话剧《野种》（上海话剧艺术中心）。

　　　　4 月 14 日录越剧《金殿赐鸩》（上虞越剧团）。

　　　　4 月 16 日录越剧《西施》（诸暨越剧团）。

　　　　4 月 19 日录诸暨越剧团折子戏（许诺指导，石韦切换）。

　　　　5 月 27 日录少儿沪剧（长宁沪剧团学馆，在新泾中学）。

　　　　5 月 30 日录滑稽戏《特别的爱献给特别的你》（共舞台）。

　　　　5 月 31 日录沪剧《双女恨》（中国剧场）。

　　　　6 月 4 日录扬剧一台。

　　　　6 月 10 日录扬剧《桃花井》。

6月19日录沪剧《母亲的情怀》（长宁沪剧团）。

6月20日、21日录昆剧《上灵山》（上海昆剧团）。

9月14日录夏慧华《夏之夜》京剧晚会。

9月21日录外滩广场《黄永生及其学生演唱会》。

10月15日录淮剧《赵五娘》（泰州市淮剧团）。

10月16日录淮剧《荆钗记》（泰州市淮剧团）。

10月19日录淮剧《天要落雨娘要嫁》（泰州市淮剧团）。

1997年3月23日录上海人民广播电台十佳颁奖会（上戏剧场）。

10月16日录西藏歌舞（银河宾馆）。

10月18日录滑稽戏《王老虎抢亲》（许诺指导小雪切换）。

10月20日录《上海"一百"48年文艺晚会》（南京路"一百"门前）。

1998年1月21日录滑稽戏《害你没商量》（青艺滑稽剧团）。

5月17日录《戏迷俱乐部》（浦东天庭大酒店，许诺带钱军切换）。

8月11日录话剧《商鞅》（上海话剧艺术中心）。

9月24日录滑稽戏《复兴之光》（人民滑稽剧团）。

11月28日至12月4日录上海昆剧团折子戏：《寻梦》、《盗库银》、《乔醋》、《阳告》、《湖楼》、《教歌》、《访普》、《醉皂》、《吃糠遗嘱》。

12月31日录《春节评弹晚会》（浦东天庭大酒店）。

1999年3月27日录京剧《白蛇传》（上海戏校，天蟾逸夫）。

3月28日录京剧《杨门女将》（上海戏校，天蟾逸夫）。

4月2日至5日 录音乐电视艺术片《四季之歌》（节目报

乐团）。

5 月 17 日录沪剧《陆雅臣》（天蟾逸夫）。

5 月 29 日录《"新亚大包"文艺晚会》（闵行）。

6 月 20 日录越剧《案中案传奇》（静安越剧团）。

6 月 25 日录《七一晚会》。

7 月 30 日录《八一晚会》（吴淞海军基地）。

8 月 19 日录《星期戏曲广播晚会》（奉贤海滩旅游区）。

9 月 15 日录《静安广场揭幕晚会》。

9 月 17 日录越剧《梁山伯与祝英台》（在宁波，宁波小百花越剧团）。

9 月 25 日录《上海市退休职工"双庆双迎"大型歌会》（闸北体育馆）。

9 月 28 日录《上海市医务界"迎双庆"文艺晚会》（瑞金医院）。

10 月 15 日录《枫叶正红》开播节目（国际会议中心）。

11 月 9 日录曲剧《烟壶》（北京市曲剧团，天蟾逸夫舞台）。

12 月 11 日录《喜迎澳门回归文艺晚会》（老同志老艺术家电视联欢会，在文艺活动中心）。

12 月 13 日录《上海市国标舞、舞厅舞第二届"红商事"杯公开赛》（卢湾区体育馆）。

12 月 18 日录上海市郊区《庆澳门回归民间文艺会演》（南汇惠南镇体育馆）。

1999 年 8 月 19 日在有线《戏剧频道》，实录《星期戏曲广播晚会》，将广播名牌展现荧屏。

2000 年 1 月 22 日录《中外名曲演唱》（中央歌剧院）。

2001 年 1 月 25 日录沪剧《石榴裙下》（大世界沪剧团，中国剧场）。

2 月 23 日录大型历史话剧《正红旗下》（上海话剧艺术中心）。

8 月 8 日录话剧《死无葬身之地》（鞍山市话剧团）。

四、指导、执导上海东方电视台节目

1、2002 年 1 月在东视《戏剧频道》，编导《名家名段任你点》27 档。

2、协助汪灏拍摄《艺术人生》9 期。

1999 年 4 月 13 日录新艳秋京剧节目（二军大礼堂）。

5 月 23 日录夏慧华、尤继舜京剧节目

6 月 2 日、3 日录戚雅仙、傅骏的越剧节目。

6 月 27 日录秦建国、蒋文评弹节目（溧阳路"吴越人家"）。

7 月 8 日、9 日录杨华生滑稽节目。

10 月 4 日录童薇薇、陈少云、陈忠国、马莉莉、梁伟平名家谈戏曲节目。

10 月 16 日录张询澎昆剧节目。

12 月 21 日录王佩瑜京剧节目（政治学院剧场）。

2000 年 2 月 24 日录蔡正仁昆剧节目。

第二节　耄耋之年后的生活和工作节奏

不经意间，我也跨入了耄耋之年，我开始放慢一下生活和工作节奏。

经朋友介绍，我和先生高鸣老师住进了浦东新区康桥附近的亲和源老年公寓，这儿，居住着文艺界一大批名人和老朋友，如乔榛、牛犇、童正维（即电视剧《编辑部的故事》牛大姐扮演者）任桂珍等等，大家经常抚今思昔，其乐融融。

这段时间，我和老高经常学习书法、篆刻。我还常去岳阳路上文广局老干部活动室去会会一些老同事、老干部。另外，我和老高还跟以前参加解放战争文工团的一些老战友保持各种各样的通讯联系。反正离退休以后这些年，自己也一下子静不下来。

总有一些朋友和学生找上门来，邀请我录制一些电子出版物以飨戏迷。我一般情况下，也从不去为难这些追随者和合作者，我想，在文化如此多元化的今天，还有一批人数不少的戏迷能够喜欢国粹，我就有义务、有责任为他们提供原汁原味，同时融入现代创新元素的精神食粮，为优秀的民族文化的发扬光大，贡献自己的绵薄之力……

2001年10月至2009年11月期间，我为扬子江录象公司实况录制越、沪、锡戏曲、器乐、民歌等碟片近60片，为优秀民族文化的传承做下了贡献。其中有——

1、2001年10月21日、22日，录制沪剧《汪华忠、沈惠中艺术集锦》、《汪华忠艺术集锦》。录制越剧《梁山伯与祝英台》选场（戚、毕音配像）3片。录制越剧《毕派经典唱段》——杨童华演唱专辑1—2片。

2、2003年6月录制沪剧《陆瑛艺术集锦》1片。7月录制越剧名段（卡拉OK）1—4片（南京市越剧团）。

3、2004 年. 5. 月录制锡剧《太湖一枝梅——黄静慧专辑》无锡市锡剧团（2 片）。同年 9 月 4 日录制沪剧《董梅卿》1—3 片，茅善玉主演。

4、2006 年 4 月 21 日至 24 日录制沪剧名家名曲《沪剧著名作曲家奚根虎作品选》1—4 片。同年 9 月 12 日至 14 日录制《扬州民间小调》（葛瑞莲演唱）1—2 片。同年 11 月 6 日至 11 日录制沪剧《王勤、汪华忠演唱集》1 片。录制《方佩华专辑》2 片。录制《陆炳辉折子戏精品》（沪剧名票）1—4 片。

5、2007 年 12 月 15 日录制锡剧《雁韵瑶芳——卞雁敏精品专场》（江苏省锡剧团；南京江南剧场）3 片。同年 12 月 17 日录制锡剧《玲珑女》（江苏省锡剧团卞雁敏、周东亮主演；南京江南剧场）3 片。

6、2008 年 1 月 18 日录制越剧《红梅阁》（绍兴小百花越剧团吴素英、张琳主演；柯桥）2 片。同年 3 月 16 日录制越剧《情探》（绍兴小百花越剧团陈飞、吴凤花主演；柯桥）3 片。同年 3 月 23 日录制越剧《沉香扇》（绍兴小百花越剧团吴凤花、吴素英主演；柯桥）3 片。同年 3 月 31 日录制越剧《韩非子》（上海越剧院钱惠丽主演；天蟾逸夫舞台）。同年 6 月 15 日录制器乐《李凡古筝演奏》1 片。同年 6 月 22 日录制锡剧《范蠡与西施》（周东亮主演，无锡锡剧团、张家港锡剧团合作；无锡人大会堂）。同年 9 月 20 日录制锡剧《梅香雅韵——徐惠个人演唱会》（江阴锡剧团；江阴大剧院）3 片。同年 10 月 29 日录制《王俊扬剧音乐 50 年演唱会》（扬子江音像有限公司；天蟾逸夫）3 片。

7、2009 年 4 月 26 日录制越剧《穆桂英》（赵志刚及 5 个穆桂英吕派学生出演；艺海剧场）3 片。同年 10 月 31 日录制越剧《新三笑》

（丁小蛙、周妙利主演；乐清剧场）。同年11月1日录制越剧《三试浪荡子》（浙江省乐清市越剧团；乐清剧场）。

从以上的记录不难看出，我的离休生活相当充实，甚至可以说是忙得不可开交。然而，我还是依然谈笑风生，还是热情干练。

另外还尽量挤出时间，我跟老高一起去各地去游览旅游。

第三节　帮助老爱人高鸣完成夙愿

闲暇时间，我和先生高鸣一起到上海广电局老干部活动室和老记者协会参加一些书画展等活动。其间，我帮助老爱人高鸣老师出书一事值得记叙。

我的先生——高鸣老师的情况，老一辈的戏迷大多了解、熟悉。

在世界华人的印象中，电影戏剧舞台艺术片中，影响最大的，观众最多的，恐怕当首推由徐玉兰、王文娟主演的越剧《红楼梦》，而这部戏曲电影的作曲之一，便是高鸣老师！他的这部作品，被世人称为戏曲音乐"经典中之经典"；"实乃是中华民族戏曲艺术之瑰宝"。

越剧《红楼梦》不但在国内家喻户晓，在国际舞台上也很有影响，曾多次在法国、日本、美国、澳洲、新加坡、越南、朝鲜、加拿大等国家以及港、澳、台的舞台上演出，深受欢迎。

2006年1月，在奥地利格拉兹交响乐团的伴奏下，《红楼梦》中的精彩唱段，响彻了维也纳金色大厅。演出过程中，金色大厅内掌声如雷，气氛热烈，人们被来自中国民族戏曲的艺术魅力所倾倒。

虽然，《红楼梦》早在1962年就被拍摄成电影，但半个多世纪过去，直到今天，还是被一些电视台经常在播放，以致其中的许多乐曲，

耳熟能详、妇孺皆知。

1992年11月，我国戏曲音乐的首次全国性评奖，在山西晋城举行，越剧《红楼梦》的作曲顾振遐、高鸣，获优秀奖。

《中国越剧大典》中，对高鸣是这样介绍的——

"高鸣，男，一级作曲。山东沂南人。1947年参加工作。1950年入山东大学艺术系学习作曲。1954年入华东戏曲研究院从事戏曲音乐研究。1955年始，先后在上海越剧院、芳华越剧团、福建省文化厅、福建省戏曲研究所、福建省艺术研究院从事创作与研究工作。曾为近80个剧目作曲，代表作有经典越剧《红楼梦》、《彩楼记》，尹派名剧《盘妻索妻》、《红楼梦》等。《红楼梦》于1962年拍摄成电影。记录整理、编辑出版的民族音乐有《台湾民歌选》等，创作的歌曲有的曾流行全国。《红楼梦》音乐获中国戏曲音乐"孔三传奖"优秀创作奖。撰写的《山花争艳—介绍台湾高山族民歌》获1980年全国优秀电视节目二等奖。作曲的《滕玉公主》音乐获福建省戏剧会演音乐创作奖。1988年受文化部、国家民委嘉奖。为中国音乐家协会会员，中国戏剧家协会会员。曾任中国戏曲音乐学会常务理事、首任理事长，福建省戏曲音乐学会会长，《中国戏曲音乐集成》特约审稿员，《中国戏曲音乐集成.福建卷》主编，福建省音乐家协会常务理事、戏曲音乐委员会主任等职。个人传记与主要业务成就已辑入《中国当代艺术界名人录》、《中国音乐家辞典》等辞书。1955年被英国剑桥国际名人传记中心撰入《国际名人录》"。

前几年，快到九十岁的高鸣老师一直在准备出版一本总结自己艺术人生的书——《沪闽耕耘录》。由于他不会操作电脑，于是我义不容辞地花了我两年多的时间帮助他完成了初稿的编辑工作。

为了出版此书，我们找了一家又一家的省市级出版社，但是，似乎没有一家出版社愿意揽下这个"瓷器活"。几位编辑说，此书还需花几年的时间才能出版，我和老高听了感到相当无奈。

也是老天有眼，福从天降——

2021年11月26日中午，蓝天白云，风和日丽。我在高鸣老师陪同下，应邀去东方路齐鲁大厦参加了上海老记者协会浦东分会举行的年会。由于疫情关系，来的人并不是很多。幸运的是，我再次遇到我的同事张文龙先生。几年前，上海市文联为上海100为艺术家树碑立传。我荣幸地被列入其中。于是我向市文联推荐我的同事张文龙先生为我撰稿。他愉快地接受了此项重任。此次，我又把高鸣老师出书事拜托他帮忙。张文龙再次承诺帮助完成此事。

结果，张文龙请来好友唐根华先生在2022年夏天完成此事。此书由上海文艺出版社出版。而且还是精装本！并于同年8月20日，在上海红木艺术馆隆重举办了高鸣老师此书的发行新闻发布会。市人大、市政协、市文广局的一些老领导前来祝贺。中国戏剧文学学会专门发来了热情洋溢的贺电。上海市文联专职副主席、秘书长沈文忠也发来了贺电。（见底下附件）

新华社、人民网、东方网等2000多家媒体作了报道。作为高鸣的夫人，在老高生前完成了他的夙愿，我感到相当欣慰。

2022 年 8 月 20 日 许诺在老爱人高鸣先生新书《沪闽耕耘录》发布会上

中国戏剧文学学会

贺 电

尊敬的高鸣先生：

值此《沪闽耕耘录——高鸣文集》新书出版之际，我们谨向您表示热烈的祝贺和崇高的敬意！

您是中国当代戏剧的巅峰之作——越剧《红楼梦》的两大作曲家之一，又为京剧麒派记谱、整理和出书；还担任了越剧尹派的多部戏剧作品作曲，为中国的戏剧事业作出了杰出贡献。

您曾作为人民解放军的一名作曲家和演奏家，不仅参加了解放战争和抗美援朝慰问团的工作，解放初期，又响应党和政府的号召，告别上海越剧院和繁华的大上海，支援福建省的戏剧文化事业，为福建省的戏剧文化建设特别是为闽南、台湾的民间音乐的记录、整理和提升贡献卓著。

您的艺术成就和高风亮节，永远值得我们学习和赞美。在庆祝您九十大寿和新书出版之际，请接受我们诚挚的祝福！祝您老人家永葆艺术青春、健康长寿！

中国戏剧文学学会
2022 年 8 月 8 日于北京

附件二：

市文联沈文忠的贺电

张文龙老师，您好！

2014 年 8 月 15 号上午，我和上海电视家协会秘书长鱼志平等第一次来到香樟路 57 弄 7 号 301 室，看望推开上海电视第一页的许诺老师和中国戏曲音乐大家高鸣老师，我们一见如故，承蒙两位大艺术家的厚爱，成了忘年交好朋友。翌年 2 月 6 日上午，第二次登门拜访，就说定了由电视台名导张文龙老师执笔许诺老师的《海上谈艺录》丛书。今年 1 月 27 日上午，在浦东秀沿路亲和源，我拿到了许诺、高鸣、张文龙三人亲笔签名的《创新求变绣荧屏》一书，而张老师正四处奔波，帮助高老师出版《沪闽耕耘录—高鸣文集》。今天高老师新书首发式，我另有公务，无法到场致贺，恭请张老师转达对两老最崇高的敬意和诚挚的祝贺，衷心感谢高老为中国戏曲事业、中国音乐事业所作出的又一新贡献！敬祝两老艺术常青、安康幸福，祝您俩一年更比一年年轻，一天更比一天快乐！

上海市文联专职副主席、秘书长沈文忠敬贺

2022 年 8 月 20 日

几个月后，也就是 2022 年的 12 月 30 日的上午 8:18，高鸣老师因疫情期间感染新冠，不幸驾鹤西去，我在悲痛、惋惜之余，相信他也会因为自己出版了此书而含笑于天堂……

第四节　鞠躬尽瘁的荣誉总结

终于到了本书的尾声，对于自己的一生，前面已经作了比较详细的介绍，不想再赘述了。不知不觉间，自己居然也跨入九十岁了。也会常常生病住院。但是，诚如范仲淹在《岳阳楼》里所言，"不以物喜，不以己悲，居庙堂之高则忧其民，处江湖之远则忧其君。是进亦忧，退亦忧。然则何时而乐耶？其必曰'先天下之忧而忧，后天下之乐而乐'。"虽然自己做得不算很好，但是作为一个老共产党员，我还是天天关心着国家的各项发展，关心着自己钟爱的电视事业。相信以后还会这样。

趁自己现在身体尚好，在此书结束之际，把自己执导的获奖作品和所获的荣誉作了小结，也算是对国家、对所有亲友、对自己的一生从事的事业有个交代——

1、电视剧《你是共产党员吗?》（单本）荣获 1981 年度全国单本剧三等奖。

2、沪剧电视连续剧《璇子》（五集、合作）荣获 1983 年度全国优秀电视戏曲片"金鹰奖"。

3、越剧电视连续剧《梁山伯与祝英台》（五集）荣获第二届全国戏曲电视剧优秀奖。

4、越剧电视连续剧《西厢记》（四集）、采茶戏电视剧《桃花运》、越剧电视剧《三刺女皇》先后荣获第三、六、九届全国戏曲电视剧三等奖。

5、本人曾荣获：1960 年获上海人民广播电台（局级）社会主义建设积极分子。

6、本人曾荣获：1983 年度上海市广播电视局"五讲四美三热爱

"积极分子。

7、本人曾荣获：1985 年度上海市委宣传系统先进工作者。

8、本人曾荣获：1987 年上海电视艺术家协会授予的"文学艺术荣誉奖"。

9、本人曾荣获：1995 年 5 月全国戏曲电视剧评委会授予的"最佳导演奖"。

10、本人曾荣获：同年 10 月上海电视艺术家协会授予"开拓贡献奖"。

11、本人曾荣获：2003 年上海市文化广播影视管理局老干部先进个人。

12、2008 年在中国电视剧诞生 50 周年之际，本人荣获中国广播电视协会"为开创我国的电视剧事业做出了突出贡献"荣誉证书。

13、个人传略已辑入《中国当代艺术界名人录》、《中华人物辞海当代大文化卷》、《世界文化名人辞海》、《世界名人录》、《中国文艺家传集》、《中国高级专业技术人才辞典》等辞书。

中国文学艺术界联合会

荣誉证书

许 诺 同志

在中国文学艺术界联合会成立六十周年之际，特向您颁发从事新中国文艺工作六十周年荣誉证书。

中国文学艺术界联合会
二〇〇九年七月十七日

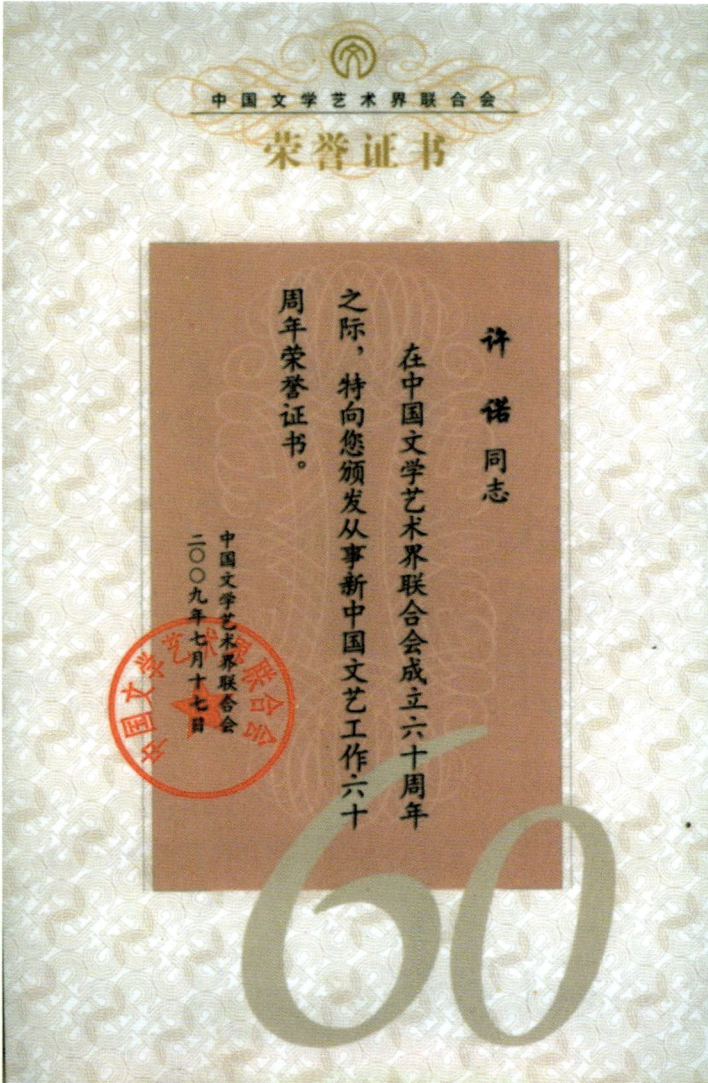

2009 年 7 月，许诺荣获中国文联颁发的"从事新中国文艺工作60 周年荣誉证书"。

流金岁月——许诺各个时期留影
美好青春回忆

部队文工团留影（1947年10月）

青春记忆（摄于20世纪50年代）

1948—1949山东渤海区党委文工团生活剪影

20世纪50年代初，就读于上海中学

流金岁月——许诺各个时期留影
美好青春回忆

1952年5月28日许诺参加上海戏剧学院
国庆三周年演出

50年代许诺导播《两个女红军》

画家迅韬为许诺参加治理黄河演出速写

考进上海戏剧学院表演系本科
读大一时（1954年夏）

在上海戏剧学院读大三时
（1956年夏）

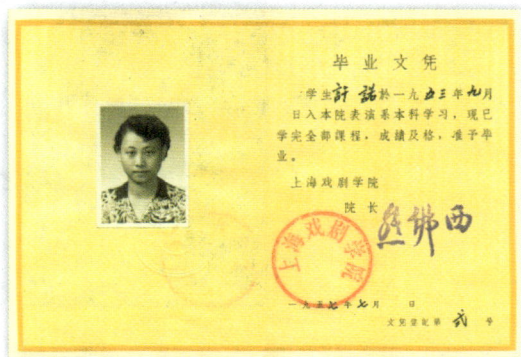

上海戏剧学院毕业照（1957年7月）

流金岁月——许诺各个时期留影
荧屏拓荒足迹

踏入工作岗
位的喜悦
（1958年夏）
▶

班组自娱（上世纪60年代）

人生低潮时
期的留影
（1974年8月）
◀

在上海电视台的工作照，左起为许诺、
周宝馨、徐英。（上世纪60年代）

重返导演岗位
（上世纪80年代）
▶

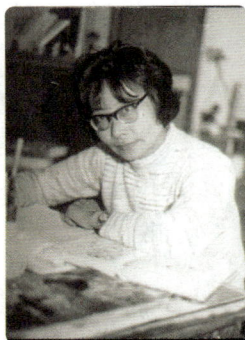

1986年拍摄电视越剧连续剧
《西厢记》与同事合影
（左起：赵慧娟、蒋幼安、许诺）

流金岁月——许诺各个时期留影
荧屏拓荒足迹

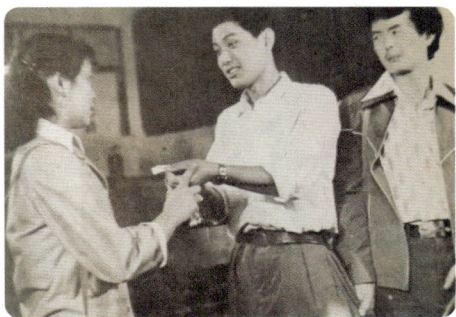

执导电视剧《路遇》
演员：宋忆宁、龙俊杰、牟国栋

执导电视剧《路遇》剧照 李媛媛 龙俊杰

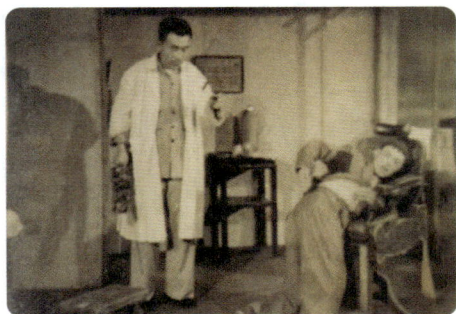

导播滑稽戏文彬彬（右）主演的
《三毛学生意》剧照

沪剧《赤叶河》筱爱琴演导播许诺

1991年许诺（左一）录制王文娟与
范瑞娟的《书房会》

许诺（前排右一）在上海有线戏剧
频道工作照

流金岁月——许诺各个时期留影
荧屏拓荒足迹

1983年许诺执导《群星璀璨电视歌会》

许诺拍梁祝时与范瑞娟合影

参加中央台"电视戏曲节目研讨会"
左二为央视副台长洪民生
左四为许诺

1989年11月与中国著名编剧阿甲合影

执导拍摄张明敏专辑时的留影
（左起翁起奋、张明敏、许诺）

1984年许诺执导张明敏专辑

流金岁月——许诺各个时期留影
中外文化交流

我国电影演员吴海燕、电视导演许诺
（右一）接待美国电影、电视导演代
表团。

上世纪八十年代后期初访东德
（左二为上海电视台领导金闽珠
左三为许诺）

1987年11月与东德同行交流
（左二为许诺，右一为金闽珠）

1987年11月在柏林马恩广场

1987年11月中国上海电视代表团参观
华沙夏宫(左一为许诺,左二为金闽珠)

流金岁月——许诺各个时期留影
桑榆未晚夕阳红

退休之后，精神依然焕发
（上世纪90年代）

在上海有线台执导戏曲教唱类节目
（上世纪90年代）

与文化部原副部长周巍峙同志（中）合影
左一高鸣，左三许诺（上世纪90年代）。

福建大金湖留影（2000年10月）

珠海圆明园遐思（2006年）

流金岁月——许诺各个时期留影
桑榆未晚夕阳红

上海电视台建台50周年留影①
（2008年6月）

上海电视台建台50周年留影②
（2008年10月）

建台50周年接受央视《电影传奇》
采访（2008年10月）

建台50周年接受央视采访（2008年10月）

2008年7月22日在北戴河张学良将军雕像
前留影

待到山花烂漫时（2009年1月，扬州）

流金岁月——许诺各个时期留影
桑榆未晚夕阳红

电视剧50周年与北京同事合影
自左至右：俞玮 赵丽平 周宝馨 许诺 笪远怀 果青

2008年9月25日　许诺(前二排左二)参加全国第一代电视剧工作者
代表在纪念中国电视剧诞生五十周年座谈会上的合影

纪念上海电视50周年合影

流金岁月——许诺各个时期留影
桑榆未晚夕阳红

笑对人生（2009年7月）

2014年生日（八十大寿）在家留影

2014年生日（八十大寿）在家留影

流金岁月——许诺各个时期留影
桑榆未晚夕阳红

2006年渤海文工团老战友在沪重聚
（第二排左一为许诺，右一为高鸣）

图为2001年6月26日许诺（右）与著名
电影表演艺术家张瑞芳合影

许诺与电影表演艺术家白杨合影

各种纪念奖杯奖章

流金岁月——许诺各个时期留影
桑榆未晚夕阳红

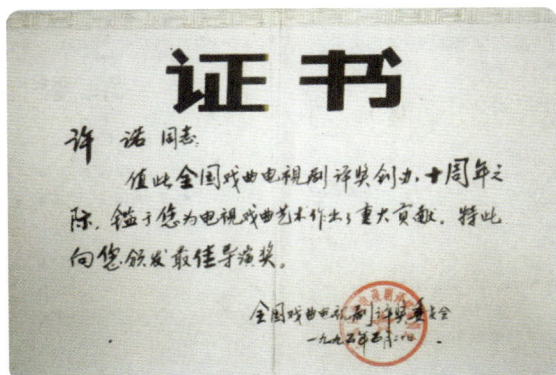

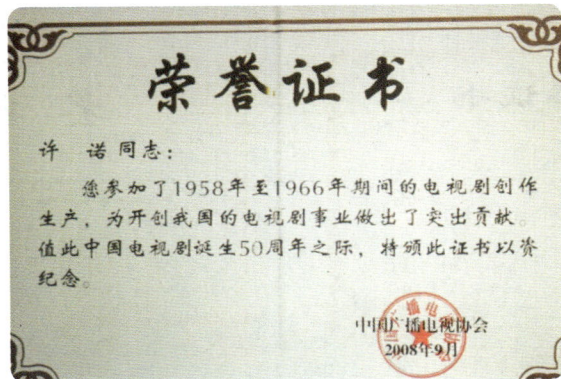

各种荣誉证书

流金岁月——许诺各个时期留影
桑榆未晚夕阳红

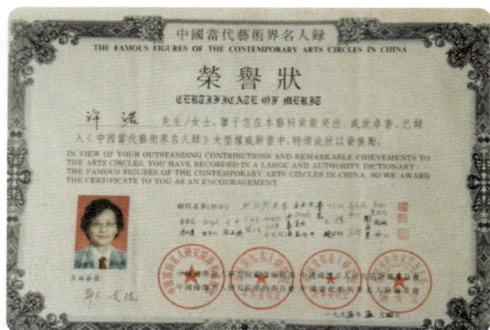

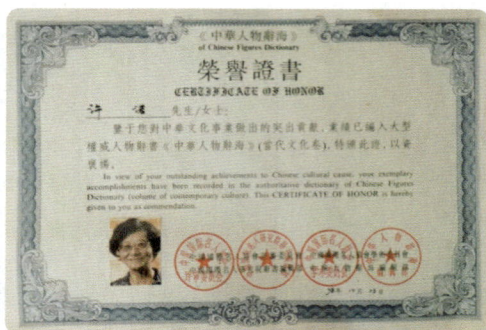

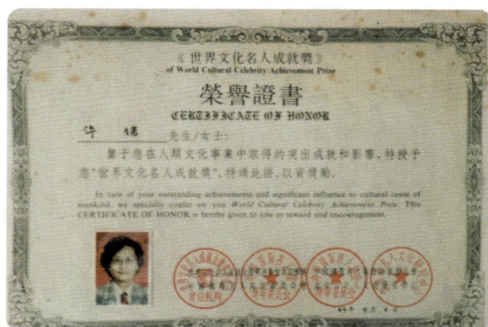

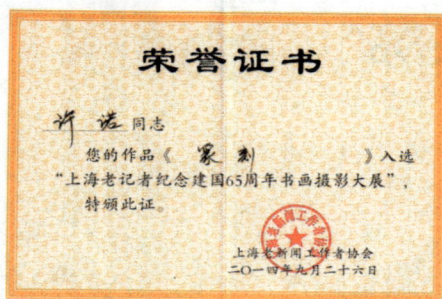

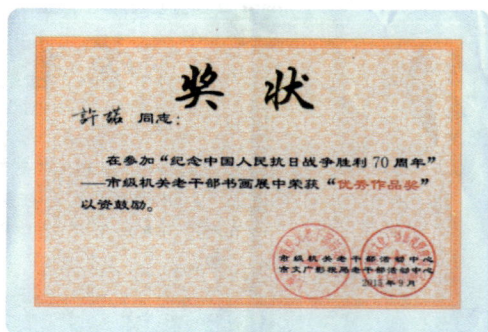

各种荣誉证书

流金岁月——许诺各个时期留影
桑榆未晚夕阳红

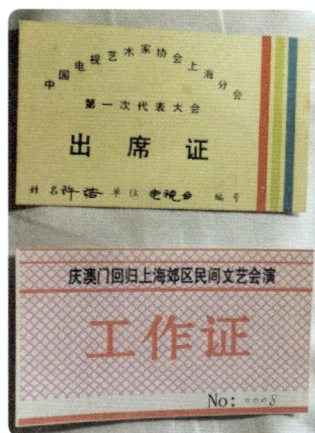

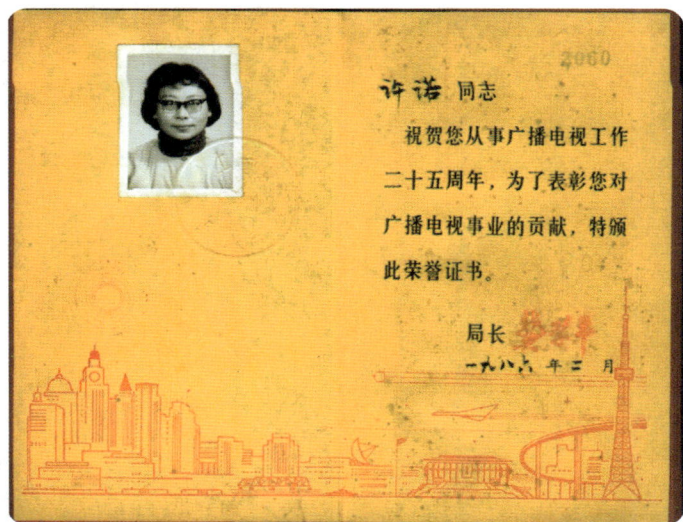

各种荣誉证书

流金岁月——许诺各个时期留影

桑榆未晚夕阳红

许诺篆刻作品

60华诞

渤海文工团50周年纪念

上视40华诞

流金岁月——许诺各个时期留影
桑榆未晚夕阳红

许诺篆刻作品

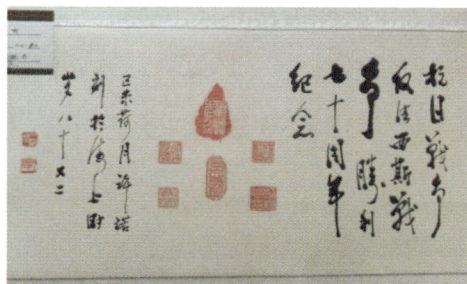

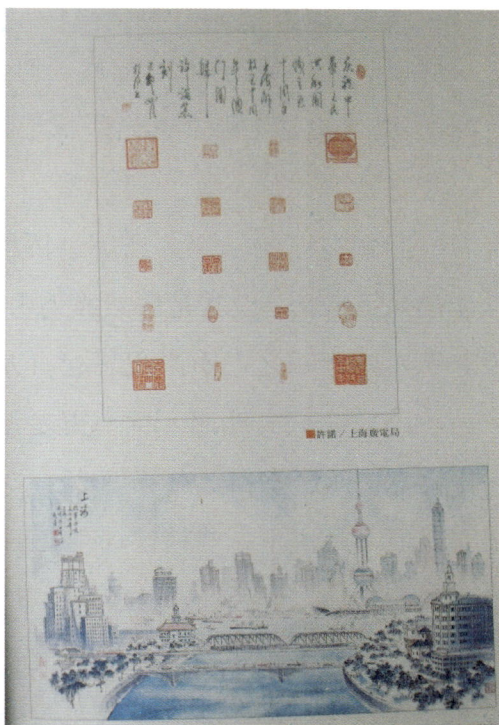

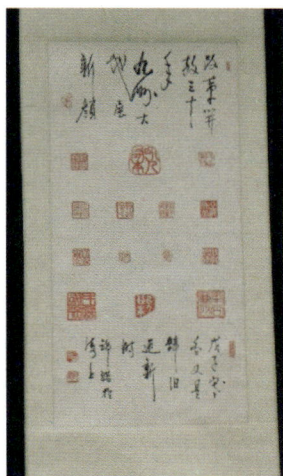

后　记

　　终于在我过了 90 岁之际，还能够完成了《一个荧屏拓荒者的历程》这本书的撰写，并且得以在全国名声甚佳的上海文艺出版社顺利出版发行！也算与 2022 年底，有幸与我的先生之《沪闽耕耘录：高鸣文集》（也是上海文艺出版社出版发行的）比翼齐飞了。既是巧合，又是必然。

　　回顾自己的一生，经历过抗战、解放战争，又经历了新中国 70 年的风风雨雨，尤其是居然成为中国电视事业的开拓者之一……跌宕起伏，感慨系之，不由我想起古人王勃之叹："穷睇眄于中天，极娱游于暇日。天高地迥，觉宇宙之无穷。"真的，九十岁虽长，其实也很短。虽然庆幸自己总算做成了一些对人民、对社会有益的大事和小事，但总是留下一些遗憾，有些事自己本来可以做得更好，还有许多事情想去做，但是，精力有限，时间和机会越来越少啊。

　　当然，完成此书，我首先要感谢张文龙先生，他为这部书的出版和完善花去了相当多的精力和作出了不懈的努力，为此，他甚至将自己在创作出版的书籍的工作故意延宕。其次呢，我也要感谢浦东作协的唐根华先生，正是在他的帮助下，使得此书在短短的半年左右的时间里，得以顺利地报批，通过审查，并且顺利地出版。而且还是精装本，与高鸣文集一样，对此，我很满意。

　　当然，我也要感谢上海文艺出版社的责任编辑徐如麒先生，上次老高的那本书也是他作为责任编辑帮助完成的，并且以最快的时间在他所在的出版社出版发行的。

　　这本书写完了以后，我估计今后自己再出版书籍的机会寥寥，因

为年龄放在那儿。可是"老当益壮，宁移白首之心？穷且益坚，不坠青云之志"，我还会在晚年做一些力所能及的事情，继续关注祖国的各项事业的发展。特别还会钟爱我为之拓荒和倾力的中国电视事业。

希望我的这本文集能够得到广大观众和同行专家的关注和指教！

许诺

2023 年 11 月 18 日于浦东亲和源老年公寓

左起依次为：张文龙、许诺、刘萍、唐根华

采访作者许诺后留影

225